J. U. POPE
Graukappen
Verschwunden in der anderen Dimension
All Age Thriller

D1640984

Impressum
1. Auflage, 2024
© 2024 J.U. Pope
Alle Rechte vorbehalten
Julia Conrad, Sylter Bogen 35, 24107 Kiel
Umschlagfoto: S. Conrad
Lektorat: Ulrike Poppe
www.jupstexte.de
Veröffentlicht über tolino media, München
ISBN: 978-3-75922-218-3

Herstellung und Druck über tolino media GmbH & Co. KG, München.
Printed in Germany

J. U. Pope

Graukappen
Verschwunden in der anderen Dimension

All Age Thriller

Buch

Laura landet mit dem Flugzeug in der Wüste in einer Zwischenwelt zwischen Wachen und Schlafen. Sie wird zu der Rebellin geführt, während ihr Bruder Leo in Gefangenschaft gerät. Über eine Kappe wird er für die Machenschaften der Wächter fremdgesteuert. An einer verbotenen Liebe droht die Befreiung aller zu scheitern.

Autorin

J. U. Pope wurde in einem Dorf bei Hamburg geboren. Ihr Weg führte sie durch ein Geschichtsstudium und an verschiedene Schulen. Inzwischen sind ihre Kinder erwachsen und sie reist mit ihrem Mann mobil durch Europa. Das Schreiben ist ihre große Leidenschaft. Am liebsten sitzt sie dafür früh morgens am Laptop mit Blick auf das Meer.

INHALT

Ich muss das Rad am Laufen halten,
stöhnte Mia und arbeitete weiter.
Das Räderwerk ratterte.
Die graue Kappe war zu ihrer zweiten Haut geworden,
sie spürte sie gar nicht mehr.
Die Stimme der anderen
übertönte ihre eigenen Gedanken
nun schon so lange, dass sie vergessen hatte,
wie man selber dachte.

Das Flugzeug

Die Sitze in diesen Kurzstreckenflugzeugen wurden immer enger. Laura versuchte verkrampft, ihren Gurt festzuschnallen.

»Oh Mann, Leo, rutsch mal n Stück, ich komm gar nicht an meinen Anschnaller!«, ranzte Laura ihren stocksteifen Bruder an.

Widerwillig rutschte dieser auf die vordere Sitzkante.

»Ich will aber am Fenster sitzen!«, nörgelte er.

»Du sitzt immer am Fenster! Heute bin ich dran!«, ihr Bruder nervte sie mal wieder.

Diese ganze Fliegerei ging ihr auf die Nerven. Doch seit Papa auf El Hierro wohnte, war das zu einer Art Routine geworden. Zwar fuhr eine Fähre auf diese westlichste Kanareninsel, aber die Überfahrt dauerte ewig. Außerdem war es billiger mit einer dieser kleinen Bintermaschinen zu fliegen, die zwischen den Inseln pendelten.

Mama hatte gesagt, Papa sei aus »beruflichen Gründen« umgezogen. Dabei wusste Laura genau, dass da diese andere Frau mit im Spiel war. Er versuchte, es zu verheimlichen, aber ey, sie war ja nicht doof.

Und jetzt flogen sie in den Ferien wieder auf diese langweilige Insel, auf der sie jedes Vulkangeröll auswendig kannte. Lange machte Laura das nicht mehr mit. Alle ihre Freunde durften schon allein verreisen, sie war schließlich gerade neunzehn geworden und kein Baby mehr.

Nur ihre starrköpfigen Eltern bestanden darauf, dass sie mitflog.

Jetzt jedenfalls saßen sie und ihr Bruderherz schon wieder in so einem unsäglichen Flugzeug. Und Laura war gezwungen, sich abermals um Leo zu kümmern, ihren anhänglichen Bruder. Sie hatte es satt, seine Aufpasserin zu sein.

Als Leo geboren wurde, war Laura selber erst zwei Jahre alt gewesen. Im Kindergarten hat er sich schon an seine große Schwester geklammert, alles Fremde war ihm unheimlich vorgekommen. Laura liebte ihren Bruder über alles. Sie waren unzertrennlich. In der Schule war sie stets an seiner Seite. Nur wenn sie nachmittags in den Reitstall verschwand, war sie für sich. Dort fühlte Leo sich nicht wohl, die Pferde waren ihm zu unberechenbar. Lauras Herz aber hing an diesem Stallgeruch, an diesen Vierbeinern. Leo verbrachte seine Freizeit überwiegend vor dem Computer.

Heute sollten sie nun wieder zu ihrem Vater fliegen. Ihre Mutter brachte die Geschwister zum Flughafen. Sie checkten ein. Leo folgte mit seinem Scheuklappenblick seiner Schwester dicht auf den Fersen. Es war, als hielte er die Luft an, bis sie endlich auf ihren Plätzen im Flugzeug saßen. Diesmal saßen sie direkt bei den Notausgängen. Und heute bestand Laura mal darauf, am Fenster zu sitzen. Ihr lästiger Bruder nörgelte. Wütend drehte sie sich von ihm weg. Die Türen schlossen sich. Alle Passagiere hatten sich auf ihren Plätzen niedergelassen und sich angeschnallt, wie es das blinkende Zeichen von ihnen verlangte. Erwartungsvoll warteten sie auf dieses Brummen, das Vibrieren des Flugzeugs, wenn es in den Startlöchern stand. Die perfekt gestylten Flugbegleiterinnen begannen mit ihrem Sicherheitstheater, Schwimmweste an, Notausgänge hier, Notausgänge da. Immer freundlich lächelnd.

»Sollte sich Ihre Schwimmweste nicht von selbst aufblasen, pusten Sie bitte in dieses Röhrchen.«

Synchron deuteten die beiden Flugbegleiterinnen im Gang das Aufpusten an. Laura musste sich zusammenreißen, um nicht laut loszulachen. Die Damen verstauten ihre Requisiten wieder und verschwanden nach vorne. Das Flugzeug hatte noch immer nicht die Triebwerke gestartet. Stattdessen klang die Stimme des Kapitäns grell über die Lautsprecher:

»Leider können wir nicht starten. Es gibt Probleme mit der Startbahn. Bitte bleiben Sie ruhig auf ihren Plätzen sitzen.«

Verwirrt sahen sich die Passagiere um. Die Leute an den Fenstern versuchten, draußen etwas zu erkennen. Durch die Scheiben war nur

Sand zu sehen, jede Menge Sand. Und komische zottelige Tiere, die aussahen, wie aus der Form geratene Pferde.

Ein Schreck zuckte durch die Reihen, plötzlich öffnete sich die Bordtür. Es erschien zuerst ein Hirtenstab, dann eine Frau mit einem Schlapphut. Sie stank fürchterlich nach Kuhmist.

»Bleiben Sie sitzen!«, befahl sie den Fluggästen.

Sie drehte sich um, öffnete die Toilettentür und verschwand dort. Die Passagiere verharrten starr auf ihren Plätzen. Die Tür flog wieder auf, die Frau mit dem Schlapphut kam heraus. Suchend checkte die Fremde das Innere des Flugzeugs ab. Ihre Augen blieben an Laura hängen. Sie durchbohrte sie geradezu mit einem stechenden Blick. Dann drehte die Hirtin sich wieder um und verschwand aus der Flugzeugtür.

Hektisch sprangen die ersten Passagiere auf. Jetzt hielt sie nichts mehr auf ihren Plätzen. Laura saß zum Glück direkt am Notausgang und hatte die Tür schnell geöffnet. Der Bauch des Fliegers war so tief in den weichen Sand eingesunken, dass das Fahrwerk komplett verschwunden war. Benommen von dem intensiven Blick dieser Schlapphutfrau ließ Laura sich wie in Trance fallen und stampfte direkt auf die Vierbeiner zu, die um das Flugzeug herumstanden. Sie vergaß alles um sich herum, sogar ihren Bruder und fühlte sich magnetisch von diesen ungewöhnlichen Zotteltieren angezogen.

Aus den mit filzigem tiefbraunem Fell bewachsenen Köpfen wuchsen drei Ohren, ein rundes Auge saß mitten auf der Stirn. Laura hockte sich hin, streckte eine Hand aus, wie sie es zu Hause bei den Pferden immer tat, um sie anzulocken. Eines der riesigen Tiere trottete auf sie zu. Laura blieb in der Hocke. Es schaute sie aus dem kugelrunden tiefbraunen Auge an. Sie hatte das Gefühl, seine Gedanken zu spüren. Wie ein Summen breiteten sie sich in ihrem Körper aus. Das Wesen kam näher und legte sich vor dem Mädchen auf den Boden.

»Ich bin ein Opien«, kam Laura surrend in den Sinn.

Was für ein seltsamer Name, dachte sie, bevor sie auf den Rücken ihres neuen Freundes kletterte und ihre Finger in dem flauschigen, langen Pelz vergrub.

Laura nahm nichts anderes um sich herum mehr wahr. Ihr Opien stand auf, drehte sich einmal um sich selbst und raste los. Ihr wehte das weiche Fell um die Ohren, der scharfe Wind trieb ihr Tränen in die Augen, ihre langen Zöpfe flogen waagerecht. Sie drückte ihren Oberkörper eng an den Rücken des Opiens. Die Landschaft veränderte sich, der Boden wurde fester, sie näherten sich einem Wald. Dort standen weitere dieser Tiere, die Köpfe in ihre Richtung gedreht. Sie schienen zu warten. Laura spürte, wie sich ihr neuer Freund langsamer bewegte. Bei der Herde angekommen, blieb er stehen.

Mit großen Augen blickte sie sich um. Auf einem anderen Opien saß diese Hirtin aus dem Flugzeug. Sie trug eine braune Kordhose und eine abgetragene Lederjacke. Um ihren Hals hing ein Lederband mit einem Muschelanhänger. Ihr Opien warf den Kopf in den Nacken, wieherte und die kleine Herde galoppierte gemeinsam an. Sie hielten auf eine Bergkette zu, eine dichte Staubwolke hinter sich herziehend. Laura roch frisches Gras und den Duft von Pinien. Sie wurde eins mit dem Tier.

Sie merkte, dass ihr neuer Freund langsamer wurde. Laura öffnete die Augen. Die Herde stand vor einem Höhleneingang. Die Opiens legten sich auf den Boden. Die Hirtin stieg ab und gab ihr ein Zeichen es ihr gleichzutun.

»Willkommen in dieser Welt, ich bin Paula.«

»Wo sind wir?«, fragte Laura.

»Es ist so eine Art Zwischenwelt. Mach dir keine Sorgen, hier bist du erstmal in Sicherheit!«

Sie schob ihren Schlapphut etwas höher und wischte sich über die Augen. Die Frau strahlte Vertrauen aus.

Die Opiens schnaubten, Wind kam auf und die Tiere spitzten ihre drei Ohren. Paula sprang auf.

»Komm, wir müssen hier weg! Folge mir!«

Sie stiegen wieder auf den Rücken ihrer O-
piens. Die Hirtin ritt zu dem Berg und blieb vor
einer Felswand stehen. Hier verharrte sie,
streckte eine Hand aus und beschrieb einen
Kreis.

Der Fels bewegte sich etwas und schob einen Eingang frei. Dort ritten sie hinein. Die Luft
war feucht und kühl. Dunkelheit umgab sie.

Laura klammerte sich an dem langen Fell ihres Opiens fest, die Augen angstvoll aufgerissen.
Hoffentlich stolperte ihr Tier nicht. Doch die
Reittiere trugen sie trittsicher über den nassen,
rutschigen Felsboden. Das Klacken der Hufe
dröhnte durch die Höhle, vervielfacht durch das
Echo. Laura spürte die Luft wärmer werden.
Weiter hinten sah sie einen Lichtstrahl. Es
wurde heller.

Sie waren in einem grünlich leuchtenden
Saal angekommen. Alles um sie herum funkelte.
Aus der gegenüberliegenden Wand plätscherte
ein silberner Wasserfall in ein rundes Wasserbe-
cken. Das schäumende Wasser hallte im Berg
wider. Laura sah sich um. Gegenüber entdeckte
sie einen endlos tiefen schwarzen Abgrund. Die
Hirtin war abgestiegen und griff nach einem
Stein, den sie in das Loch fallen ließ. Laura erschrak, als der Stein ein Platschen verursachte.
Kreise bildeten sich in dem Bergsee um die Ein-
wurfstelle. Das war gar keine Schlucht. Das

Deckengewölbe hatte sich in dem glatten See gespiegelt. Wo war sie hier nur gelandet? Was für eine bezaubernde Welt, dachte Laura.

Sie sah zu Paula, die eine steinerne Treppe neben dem Wasserfall hinaufstieg. Laura beeilte sich, ihr zu folgen. Hinter dem Vorhang aus Wasser verbarg sich eine weitere Höhle. Die Hirtin blieb an einer runden Platte im Boden stehen.

»Hier, schau her!«, forderte sie Laura auf.

Die gläserne Scheibe hatte etwa 80 cm Durchmesser. Laura erkannte eine zweite Höhle unter ihnen. Da bewegte sich etwas. Sie sah genauer hin. Dort liefen Menschen herum! Alle hatten so seltsame graue Kappen auf dem Kopf. Manche von denen schritten zielstrebig voran, andere schraubten und hämmerten und wieder andere sortierten Metallteile auf verschiedene Stapel. Und sie murmelten vor sich hin. Jeder schien zu wissen, was er tat oder wohin er wollte.

»Was ist das? Warum sind die da, was machen die da?« Laura schaute fragend zu Paula.

»Das sind die anderen. Die Gefangenen.«

Bevor Laura etwas erwidern konnte, hörten sie eine Sirene schrillen und überall in dem unterirdischen Saal blinkten rote Warnleuchten auf. Sie erschrak und sah zu Paula. Doch diese strahlte weiterhin Ruhe aus. Abrupt erstarrten die Graukappen in ihren Bewegungen. Wie auf Befehl drehten sich alle in dieselbe Richtung und marschierten aus der Höhle. Das Licht unter der Glasscheibe erlosch.

»Was sollte das?«, fragte Laura, sichtlich benommen.

»Die werden fremdgesteuert. Die Wächter entführen sie. Aber du hast Glück gehabt, du bist entkommen.«

»Was für Wächter?«

Laura glaubte das alles nicht. Träumte sie?

»Die nennen sich so, weil sie ihre Macht über die grauen Kappen ausüben. Es ist wie eine Parallelgesellschaft. Sie arbeiten im Untergrund und planen, die Menschheit zu manipulieren.«

Im Sand

Wie still es hier in der Wüste ist, dachte Nina, die sich für eine Siesta auf ihr Strohbett gekuschelt hatte. Ihre Augen wanderten träge die Zeltwand ab, bis sie erschöpft zufielen.

Plötzlich knallte und krachte es draußen ohrenbetäubend. Ruckartig fuhr sie in die Höhe und setzte sich auf. Die Wolldecke unter ihr war verrutscht und die Halme piksten ihr fies in die Beine. Sie wartete auf einen weiteren Knall. Doch es blieb still. Erschrocken von dem Krach stand Nina auf und stampfte durch den Sand zur Zeltöffnung.

Draußen herrschte Trubel. Das Team war die Düne hochgeklettert. Das Materiallager mit den Kappen, Kissen und Lebensmitteln stand sperrangelweit offen. Hektisch wurden die Ankunftsmaterialien auf den Platz vor den Zelten getragen. Alle liefen durcheinander. Mit einem Mal hellwach, zog sich Nina ihr Gewand über, bändigte ihre roten Haare mit einem Tuch und trat aus dem Zelt.

Hinter dem Hügel leuchtete es. Nina stakste durch den tiefen Sand die Düne hinauf. Was sie da sah, war unfassbar: Eine Propellermaschine steckte im Wüstensand fest. Aus den Türen drängten die Passagiere hervor, fielen direkt in den Sand.

So viele waren noch nie auf einmal angekommen. Die Gestrandeten kamen hier unter, um die kümmerte sich Nina und ihr Trupp, bis der Transport in das Hauptquartier der Wächter kam. Das sah nach Arbeit aus.

Nina gehörte mit den anderen zu der Delegation für die Neuankömmlinge. Das große Ankunftszelt füllte sich langsam. Sie mischten sich unter die Flugzeugpassagiere und ermunterten sie, ihnen zu folgen. Nina fiel ein dunkelhaariger Junge auf, ungelenk, faszinierend blaue Augen, eindeutig desorientiert. Er zitterte und rief andauernd:

»Laura, wo bist du?«

Nina berührte seinen Arm, er zuckte zurück.

»Wer ist Laura?«

»Meine Schwester, sie verlässt mich nie, ich kann sie nicht finden!«

»Komm erst mal mit, ich zeig dir hier alles.«

Sie kletterten über den Hügel und ihr Zeltdorf kam in Sicht.

»Oh, ihr wohnt hier? Mitten in der Wüste? Und wir sind gleich neben euch notgelandet? Obwohl ... Wir sind gar nicht erst gestartet ... Ich verstehe das nicht ...«

»Keine Angst, komm erstmal her, setz dich hier hin.«

Nina zeigte ihrem Schützling ein Sitzkissen im Sand und setzte sich zu ihm.

»Ich heiße Nina und du?«

»Leo.«

Um sie herum wütete das Chaos weiter.

Viele irrten hilflos, suchend umher, nur einige waren schon auf die Kissen geschleust worden und beruhigten sich langsam. Nina begann mit den anderen, für Ordnung zu sorgen.

»Leo, bleib hier, ich komme gleich wieder!«

Er nickte nur, schlang seine Arme um die Knie und steckte den Kopf zwischen die Beine. Der Tumult um ihn herum ängstige ihn, das konnte Nina deutlich sehen.

Wie gut, dass wir so viele Helfer vor Ort haben. Mit unseren Tricks schaffen wir es, Ruhe in das Chaos zu bringen.

Ein Rundumblick bestätigte ihr, dass alle Helfer geistesgegenwärtig im Einsatz waren. Jeder hatte seine Aufgabe und Hand in Hand hatten sie einen funktionierenden Ablauf geschaffen, durch den sie in der Lage waren, sogar so viele Menschen auf einmal in die Fremdsteuerung zu bekommen. Bald hatten sämtliche Passagiere einen Platz gefunden und einen Becher Tee in der Hand.

Nina sah, dass ihr Anführer zum Megafon griff.

»Hey, hört mal alle her! Ich bin Bob. Seid gegrüßt. Ihr seid aufgewühlt und durcheinander. Euer Flugzeug ist hier in der Wüste aufgetaucht. Wie das passiert ist, wissen wir auch nicht, aber ihr seid hier in Sicherheit. Wir kümmern uns um euch. Bald wird der Bus kommen und euch ins Zentrum fahren, habt keine Angst.«

Einige der Gestrandeten sprangen auf und riefen:

»Wo sind wir?«

Andere hielten das Handy in die Luft, in der Hoffnung, ein Netz zu empfangen.

Bob sprach erneut in das Megafon:

»Tut mir leid, Leute, aber hier gibt es keinen Handyempfang. Doch ihr seid in Sicherheit. Alle. Niemandem ist etwas zugestoßen. Habt ein bisschen Geduld und versucht euch zu entspannen. Bald werdet ihr mehr erfahren.«

»Das sind zu viele«, sagte Nina leise neben ihm.

»Wie viele von den grauen Kappen sind im Lager?«

»Ich weiß es nicht genau.«

Nina zuckte mit den Schultern.

»Lass uns lieber weiter den Tee ausschenken, bevor hier jemand Ärger macht.«

»Ja, verteilt den Tee, seht zu, dass kein Becher leer bleibt, schnell!«

Bob wandte sich von Nina ab und hob das Megafon erneut an die Lippen.

»Alle noch mal herhören. Es wird hier nachts extrem kalt. Wir verteilen jetzt Tee und besondere Wärmemützen, um euch zu schützen. Damit ihr nicht auskühlt, müsst ihr unbedingt die Mütze aufsetzen. Am Kopf ist man am anfälligsten. Außerdem erhält jeder ein Kissen und eine Decke. Also macht es euch gemütlich und ruht euch aus!«

Bob beobachtete die Neuen scharf, damit ihm keiner durch die Lappen ging. Nina und ihre Helfer verteilten zielgerichtet Tee und Kappen an die aufgeregte Menge. Das war erstmal das Wichtigste. Decken und Kissen wurden in der zweiten Runde ausgeteilt. Nach und nach kamen die Neuankömmlinge zur Ruhe. Bob lächelte. Dieser Tee aus der Schlafwurzel wirkte Wunder.

In Leos Ohren sauste es. Was sagte der Mann? Leo war so in seiner Angst gefangen, ohne seine Schwester zu sein, dass er diesen Megafonsprecher gar nicht verstand.

Obwohl er bei Laura oft nicht durchblickte und sie für ihn manchmal echt oberkompliziert war. Jetzt brauchte er sie, um ihm in diesem fürchterlichen Durcheinander einen Halt zu geben. Das konnte nur sie. Um sich sicher zu fühlen, benötigte er vorhersehbare Strukturen, am liebsten jeden Tag die gleichen und keine Neuen. Neues verursachte Angst.

Und heute hatte der Tag bereits so furchtbar angefangen. Leo war mit Laura schon oft geflogen, aber er hatte immer am Fenster gesessen. Nur dieses Mal hat seine Schwester unbedingt darauf bestanden, außen zu sitzen, warum nur?

Sie war richtig böse geworden, so kannte Leo Laura gar nicht. Aber er hat seinen Platz nicht so einfach aufgeben können. ER hat doch

IMMER am Fenster gesessen. Als dann die Durchsage gekommen war, dass das Flugzeug nicht starten konnte, hat er gespürt, wie die Panik in ihm hochgekrochen kam.

Seine Atmung war flach geworden, seine Beine hatten sich wie gelähmt angefühlt. Laura, die eben noch neben ihm gesessen hat, war auf einmal verschwunden. Sie hat ihn sonst nie allein gelassen, wenn es brenzlig wurde. Die anderen Passagiere waren aufgesprungen und brüllten wild durcheinander. Leo hat sich wie an seinen Sitz gefesselt gefühlt und die Augen geschlossen und von tausend immer dreizehn subtrahiert, wie sein Therapeut es ihm für panische Situationen eingebläut hatte. Seine Atmung beruhigte sich allmählich, der Lärm war weniger geworden. Langsam traute Leo sich, die Augen zu öffnen. Er war der letzte, der noch im Flugzeug saß. Alle anderen Passagiere waren rausgeklettert. Nur der Gedanke an seine Schwester gab ihm die Kraft, aufzustehen und den anderen zu folgen. Er war aus der Tür in den Sand gesprungen. Dass er die ganze Zeit nach Laura rief, merkte er gar nicht. Erst als ihn jemand am Arm festhielt und fragte, wer denn diese Laura sei, fiel ihm das auf.

Neben ihm stand eine Frau mit roten Haaren, die ihm irgendetwas sagen wollte. Aber er hörte gar nicht richtig zu, so gefangen war er von seiner Angst. Er lief einfach hinter ihr her. Jetzt saß

Leo auf einem der Kissen, die hier haufenweise herumlagen, trank Tee und hatte eine graue Kappe auf. Laura war nirgends zu entdecken.

Auf dem Flugplatz

Albert wartete ab, bis der Einsatz begann. Jetzt standen zig Krankenwagen um das Flugzeug auf dem Airport in Teneriffa herum und holten die komatösen Passagiere und das Flugpersonal aus dem Flieger heraus. Allesamt waren ins Koma gefallen. Die Helferbrigade war aufgeregt, die Presse überschlug sich, Erklärungen gab es keine.

Nur er war im Bilde. Er benötigte die Computer-teile des Cockpits für ihre Mission.

Albert hatte sich als Rettungssanitäter verkleidet und mischte sich unter die aufgewühlte Menge auf dem Flugplatz, die um das Flugzeug herumschwirrten. Er war mit einem geklauten Rettungswagen gekommen, in dem er seine Beute ins Hauptquartier schaffen würde.

»Hey, lasst mich durch, aus dem Weg! Weg da, ich habe es eilig!«, brüllte er die anderen an.

Diese unbändige Dominanz zu zeigen war nötig, damit keiner hinterfragte, ob er dazugehöre. Nur wenige wagten es, lauten und aggressiven Personen in die Augen zu sehen, die meisten duckten sich instinktiv und erkannten die Autorität an.

Albert bahnte sich einen Weg durch die Menge. Im Gang bog er links zum Cockpit ab, statt sich den Passagieren zuzuwenden. Niemand nahm von ihm Notiz. Die Cockpittür stand offen, der Flugkapitän und sein Co-Pilot waren schon herausgeholt worden. Albert schloss die Tür hinter sich und musterte seine Beute.

Das sah vielversprechend aus. Er öffnete seinen Werkzeugkoffer, der als Arzttasche getarnt war, und machte sich an die Arbeit.

Kurze Zeit später hatte der Wächter alle relevanten Teile in seinem Krankenwagen verstaut. Zum Glück wurden die wichtigsten Computerteile ja immer kleiner, so konnte er seine Beute problemlos in dem leeren Arztkoffer unterbringen, den er mitgebracht hatte.

Inzwischen waren die Passagiere fast alle auf dem Weg in die umliegenden Krankenhäuser, es wurde Zeit, dass Albert den Tatort verließ. Zufrieden steuerte er den Wagen mit seiner Beute in das Villenviertel der Stadt.

Zwischenwelt: Die Graukappen

Simon gähnte. Er hatte schlecht geschlafen, immer wieder war ihm diese Szene im Traum erschienen. Doch der Wecker schrillte pausenlos. Müde stand er auf, schüttelte sich und schlurfte zum Waschbecken. Sein drittes Auge zwinkerte ihn im Spiegel an. Von Geburt an hatte er einen Leberfleck zwischen seinen Augenbrauen, der sich durch seine Mimik zu bewegen schien. Er hatte sich daran gewöhnt, aber wenn er neue Leute kennenlernte, fiel ihm sofort auf, dass die meisten ihn anstarrten. Bis er es zur Sprache brachte.

Simon stützte sich auf dem Beckenrand ab und schob sein Gesicht ganz nah an den Spiegel. Er zwinkerte sich zu und grinste breit. Es sah wirklich witzig aus. Voll Vorfreude auf den Tag zog er sich an.

Zehn Minuten später saß Simon mit den anderen im Speisesaal am Frühstückstisch. Seine graue Kappe hatte er, wie alle auf dem Kopf, er nahm das vertraute Ziepen und Rauschen wahr, der Kanal war gefunden, die Verbindung zum System hergestellt.

Simon hörte die Ansage des Wächters über seine Kappe:

»Es ist ein Flugzeug gekapert worden. Die Neuankömmlinge müssen verteilt werden. Begeben Sie sich in die große Halle!«

Aaron, der Simon gegenübersaß, schaute

ihn an. Er hatte dasselbe gehört, wie sein Freund und erschrak:

»Wie soll das denn gehen? Ein ganzes Flugzeug?«

»Das bedeutet ne Menge Arbeit, befürchte ich.«

Simon wurde nervös.

In dieser Größenordnung war noch nie etwas entführt worden. Bisher hatten sie es mit kleineren Gefährten, wie Elektroautos oder ähnlichen Fahrzeugen zu tun gehabt. Dabei kamen ein bis zwei – allerhöchstens mal vier neue Leute hier an. In diesem Fall, der Eroberung eines ganzen Flugzeugs, würden weitaus mehr Menschen untergebracht werden müssen. Wie viele passten in so eine Maschine? Hundert? Zweihundert? Sollten die alle zum Wächter? Auf jeden Fall war klar, in wessen Zuständigkeit das fiel. Und Simon freute sich nicht auf diese Aufgabe.

Durch die Kappe erfolgte die Anweisung, dass sich jeder an seinen Arbeitsplatz zu begeben hatte. Alle anderen Graukappen im Saal standen zugleich auf und verteilten sich in verschiedene Richtungen.

Aaron zögerte.

»Was ist denn? Kommst du?«

Simon wollte schon losspurten.

»Ich soll zu den Wächtern kommen. Jetzt sofort!«

»Na dann geh schon. Wird schon in Ordnung sein, keine Sorge. Mich haben die auch zu sich gerufen, gleich zu Beginn. Sie wollen dir vielleicht einen Job anbieten.«

Aaron schaute seinen Freund skeptisch an.

»Wir werden sehen. Bis später!«, rief er und wandte sich in die entgegengesetzte Richtung.

Simon folgte dem langen, kahlen Flur, nahm die Treppe zur Steilküste und stieg dort in den gläsernen Fahrstuhl, der ihn in den Bauch der Höhle brachte. Dort befand sich der riesige Versammlungsraum. Aus dem Aufzug konnte er mühelos den gesamten Saal überblicken. Sie hatten eine mächtige Felsenhöhle dazu umgewandelt, dank der vielen Strahler schien es taghell zu sein. Am Ende erhob sich ein Podium. Bob, der Organisator des Außenlagers in der Wüste, stand hier schon. Die Helfer hatten die Neuankömmlinge zum Saal gebracht und vorab mit den grauen Kappen versorgt. Diese hielten die Gefangenen in Schach, wirkten wir eine Hypnose, so dass sich alle wie in Trance bewegten und gedankenlos den Befehlen aus der Kopfbedeckung folgten. Die zahlreichen Stuhlreihen waren voll besetzt. Simon hatte dafür zu sorgen, dass die Gekaperten ihren Fähigkeiten gemäß untergebracht wurden und an ihren Arbeitsplatz kamen.

Im Baumhaus

Laura erschrak. Sie schaute durch die Glasplatte in die Höhle unter ihr. Sie war plötzlich stockdunkel. All die vielen Menschen in dieser Fabrik waren nach dem Alarm wie der Blitz verschwunden.

»Was hat das zu bedeuten?«

Paula trat einen Schritt zurück.

»Du hast da unten viele Menschen mit grauen Kappen gesehen. Alle, die eine graue Kappe aufgesetzt haben, denken nicht mehr selbst und werden von den Wächtern gesteuert.«

Laura schauderte. Ihr Hals wurde eng. Was war mit Leo geschehen? Weshalb war sie nur ohne ihn aus dem Flieger geklettert? Immer wieder stellte sie sich dieselbe Frage.

»Mein Bruder Leo war auch mit im Flugzeug. Warum bin nur ich gerettet worden?«

»Den Grund kann ich dir leider nicht nennen, Laura.«

»Du bist doch ins Flugzeug gekommen. Das warst doch du, oder?«

»Ja, ich hatte da was zu erledigen. Außerdem habe ich dich gesucht. Ich wusste, dass du dich befreien kannst.«

Laura erinnerte sich an ihren intensiven Blick.

»Komm, ich zeig dir was.«

Die beiden schlüpften unter dem Wasserfall hervor.

Dort warteten die Opiens auf sie. Paula und Laura ritten aus der Höhle heraus in den Wald.

An einem gigantischen Baum hielten die Tiere an. Eine kaum sichtbare Treppe, die in den Stamm gesägt war, führte in die Baumkrone. Paula kletterte voran. Oben befand sich ein versteckstes Baumhaus aus dicken, knorrigen Ästen. Es ragte bis in die Krone hinein und wurde teilweise von ihr verdeckt. Stabile Astgabeln hielten es waagerecht. Runde große Löcher dienten als Fenster ringsherum.

Erstaunt blickte Laura sich um. Sie standen jetzt vor dem Eingang. Große Blätter schützten das Bauwerk. Es war in zwei Etagen gebaut, nach oben hin rund gewölbt. Fasziniert betrat Laura das Innere des Baumhauses. Es roch holzig, würzig, die Luft war warm, ein wohliges Gefühl breitete sich in ihr aus.

Paula nahm auf einem Polster hinten im Raum Platz. Sie bat Laura mit einer Handbewegung, es ihr gleich zu tun. Laura wählte das bunteste Kissen unter dem Fenster und setzte sich in den Schneidersitz. Erwartungsvoll blickte sie zur Hirtin. Doch die saß da, schloss nur die Augen und bewegte sich nicht.

Paulas Rückblick

Paula war vollkommen in sich gekehrt. Sie sammelte sich. Erinnerungen an die Anfangszeit wurden wach. Achtsamkeit. Den Moment bewusst wahrnehmen und sich auf ihn konzentrieren. Vergangenheit ruhen und Zukunft werden lassen. Ohne zu steuern. Zu Sein.

Paula hatte in ihrer Studentenzeit nicht nur programmiert und mit anderen Nerds neue Welten gesponnen. Sie hatte meditiert und sich um Bewusstseinsarbeit bemüht. Sich seiner selbst bewusst sein. Das Wort »Selbstbewusstsein« wird leider zu selten in diesem Sinne angewandt.

Die Idee, das Bewusstsein außerhalb des Körpers wahrzunehmen und unabhängig von ihm zu steuern, das hat sie am meisten fasziniert an dem Projekt »Graukappen«, das sie mit ihren Kommilitonen seinerzeit ins Leben rief. Sie philosophierten und programmierten und schließlich begegneten sie sich quasi körperlos in einer anderen Dimension. Sie fing Feuer für diese Sache. Damals im Studium kamen sie auf diese Idee. Sie waren anfangs sogar zu viert. Iron, Albert, Mario und sie.

Albert steuerte die Programmierung, Iron und Paula verschwanden in der Traumwelt. Was hatten sie für einen Spaß! Sie konnten tun und lassen, was sie wollten, sie waren die Könige ihrer neuen Dimension. Albert holte sie zu dem vereinbarten Zeitpunkt zurück und sie programmierten und erschufen weiter ihre eigenen Welten. In der Zeit schotteten sie sich komplett von der Außenwelt ab.

Sie verbrachten eine intensive Studienzeit miteinander. Begegneten sich gleich im ersten Semester. Vier total unterschiedliche Charaktere und doch brennend für dieselbe Sache. Sie wählten alle denselben Kurs, weil sie von dieser Idee der Traumdimension aus diesem Film, der damals in die Kinos kam, fasziniert waren. Einer ihrer Professoren bot dazu ein Seminar an. Dort lernten sie sich kennen. Und als der Kurs längst abgeschlossen war, trafen sie sich weiterhin und programmierten und fantasierten wie verrückt.

Sie waren so eine gute Truppe, ergänzten sich gegenseitig perfekt. Iron mit seiner Art, das, was er sich vornahm, umzusetzen, komme, was wolle, war ihnen allen der Motor. Wenn es ein Problem gab, wurde er zwar auch mal wütend und es kam vor, dass er echt heftig rumbrüllte. Aber er machte immer weiter und steckte die anderen an mit seiner Entschlossenheit.

Albert war das genaue Gegenteil. Andauernd zweifelte er, zog sich zurück. Er himmelte Iron zugleich an und verachtet ihn auch. Ein exzellenter Programmierer, wenn er einen Auftrag bekam, kniete er sich so lange da rein, bis es klappte. Ihm verdankten sie einige Durchbrüche.

Mario war der Vernünftigste. Es machte Iron manchmal wahnsinnig, dass Mario alles bis ins

Kleinste analysierte. Das bremste sie stellenweise heftig aus. Aber es trug genauso zur Perfektion des Projektes bei. Und sie, Paula, die einzige Frau in der Runde, brachte immer wieder Schwung in den Laden durch ihre fröhliche Art und den positiven Blick auf die Welt. Sie nahm die Organisation, die Logistik in die Hand und stellte die nötigen Kontakte her.

Sie waren ein richtig gutes Team. Der gemeinsame Erfolg schweißte sie zusammen, jeder trug seinen Teil bei.

Die vier Studenten saßen nächtelang beieinander und tüftelten, recherchierten und programmierten, starteten zahllose Selbstversuche.

Und schließlich kam der Durchbruch. Sie kommunizierten im Traum miteinander. Sie konnten sich nicht nur gegenseitig sehen, sie unterhielten sich sogar. Wie bewusst, nur in einer anderen Dimension. Während ihre Körper schliefen.

Um nicht in das obligatorische Vergessen beim Aufwachen zu rutschen, schafften sie es, ihre Aktionen im Traum zu dokumentieren. Dies optimierten sie weiter. Dabei blieb immer einer in der realen Welt, behielt die Aufsicht und versorgte die bewusstlosen Körper.

Sie experimentierten damit, was geschieht, wenn man längere Zeit in der Traumwelt verbringt. Und sie merkten, dass medizinisches Gerät angeschafft werden musste, um die Körper in der Zwischenzeit künstlich ernähren zu können.

Zum Glück war Alberts Schwester im Krankenhaus tätig und hatte die nötigen Verbindungen hergestellt. Nicht alles ganz legal, aber sie ließen sich nicht erwischen.

So war allmählich ein Plan herangewachsen. Jetzt konnten sie über eine lange Zeit ungestört in ihrer Traumwelt wirken.

Irgendwann reichte das Iron und Albert nicht mehr, sie wollten ihre neu gewonnenen Fähigkeiten größer einsetzen, etwas zurückbekommen. Sie dürsteten nach Macht und Einfluss.

Eines Sonntags, Paula erinnerte sich haargenau an den Tag, war Iron die ganze Nacht weggewesen und am Morgen völlig aufgekratzt in die WG gekommen.

»Hey ihr Schlafmützen! Wacht auf! Ich habe Neuigkeiten!«

Er stampfte in jedes Zimmer und riss ihnen die Bettdecken weg.

»Mann Iron, was ist denn los? Komm mal runter! Es ist gerade mal neun Uhr. Wir haben die ganze Nacht am Rechner gesessen.«

Mario setzte sich auf die Bettkante und reckte sich. Er roch den würzigen Kaffeeduft aus der Küche, Albert war gleich zur Kaffeemaschine geschlurft. Iron gab eh keine Ruhe, bevor sie ihm zugehört hatten. Das kannten sie schon. Dann wenigstens mit einem Pott Kaffee in der Hand.

»Hey Iron, komm her in die Küche, sag schon, was ist los?«

Paula wurde jetzt doch langsam neugierig.

Iron setzte sich auf den wackeligen Einbeinhocker. Er konnte nie stillsitzen, deshalb war dieser Hocker wie geschaffen für ihn.

»Ihr glaubt es nicht, ich habe DIE Lösung! Gestern Abend bin ich doch mit diesem, diesem – ach ich hab den Namen vergessen - in der Bar versackt. Er hat mir von seiner Schwester erzählt. Sie hat die Schlafkrankheit. Habt ihr davon schon gehört? Das ist der Knaller!«

Er sprang auf, lief zum Fenster, raufte sich die Haare und kam zurück. Albert drückte ihm einen Becher Kaffee in die Hand.

»Schlafkrankheit? Nie gehört!«

»Na, die schläft überall ein, wo sie geht und steht. Er hat mir erklärt, das käme durch so T-Zellen, durch die irgendwie verhindert wird, dass sich ein Hormon bildet, das unter anderem das Schlafverhalten steuert. Abgefahren, oder?«

Iron war völlig durch den Wind.

»Oh man, mit Medizin kenn ich mich gar nicht aus. Was hat das denn mit uns zu tun?«

Albert nahm den Finger aus der Nase und betrachtete seinen erbeuteten Popel.

»Es dämmert. Wenn wir das Schlafverhalten steuern könnten. Dann könnten wir ...«

»Genau! Dann könnten wir auch andere Menschen in den Schlaf schicken.«, fiel Iron ihm ins Wort.

Mario starrte seinen Freund erschrocken an.

»Du bist ja wahnsinnig. Andere Menschen in den Schlaf schicken? Und manipulieren mit unserer Programmierung? Alter! Hast du sie noch alle?«

»Du hast es erfasst! Denk doch mal nach! Was für eine Macht wir hätten. Wir könnten sie manipulieren, sie könnten für uns ..., Alter!«

Iron sprang auf und knallte seine Faust auf den Tisch.

»Das ist der Durchbruch!«

Albert sah ihn skeptisch an.

»Wir brauchen die Medikamente und eine Idee, wie wir sie verabreichen. Wie, bitte, soll das gehen?«

»Albert, kannst du da nicht mal deine Schwester fragen?«

Paula wollte Iron den Wind aus den Segeln nehmen. Wenn ihm das einer aus der Praxis sagen würde, wäre es wirkungsvoller.

»Ey, da gibt es doch dieses Schlaflabor in der Privatklinik in der Stadt. Wir könnten doch mal ganz unbedarft dahin gehen und uns erkundigen.«

Marios Neugier war geweckt. Experimentierfreudig waren sie alle. Fragen kostet ja nichts.

»Ich ruf da an und mache einen Termin. Ich gebe mich als deine Ehefrau aus, Albert, dann gehen wir zusammen dahin und quetschen die aus, ok?«

Albert war der Einzige, mit dem sie sich solche Maskeraden erlauben konnte. Iron war zu aufbrausend, Mario zu mäkelig.

Albert nickte.

Am Mittwoch drauf saßen die vier wieder in der Küche. Paula hatte gleich am Dienstag einen Termin für eine Schlafberatung für ihren »ständig schlafenden Ehemann« erhalten.

»Das stimmt tatsächlich. Man könnte diese T-Zellen injizieren und der Betroffene würde in einen tiefen, komatösen Schlaf fallen, bei der richtigen Dosis. Um ihn wieder zu wecken, müsste man allerdings ein Gegenmittel haben.«

»Ich habe mich da schlau gemacht«, meldete sich Mario zu Wort. »Das gibt es offiziell nicht auf dem Markt. Aber es gibt da was im Darknet. Wir sollten das besorgen und ausprobieren. Nur so zum Spaß.«, log er sich selbst vor.

Das hatten sie getan. Und es an sich ausprobiert. Es klappte! Die Idee nahm Form an. Eine parallele Dimension, in der sich andere Menschen manipulieren ließen.

In nächtelangen Sessions hatten die vier einen Nanoroboter entwickelt, der die T-Zellen injizieren konnte. Sie bauten daraus eine Art Käfer, der ferngesteuert wurde. Und dann begannen sie mit den Selbstversuchen.

Es lief wie am Schnürchen. Sie schliefen auf Kommando ein und waren erst durch das Gegenmittel wieder zu wecken.

Der nächste Schritt war, herauszubekommen, wie Albert, der Programmierer, von außen die anderen in ihren Träumen manipulieren konnte. Sie setzten sich Kopfhörer auf und Albert gab ihnen über das Headset Sprachbefehle, die in der Traumwelt sofort ausgeführt wurden. Er hatte sie vollkommen in der Hand. Was für ein Machtinstrument.

So entstand die Idee zu den grauen Kappen.

Als Mario merkte, wie ernst es die anderen meinten, dass das nicht alles nur aus Spaß und Neugier stattfand, gab es einen großen Streit.

»Ihr spinnt doch! Ihr macht euch strafbar! Ihr könnt doch nicht das Bewusstsein von Menschen stehlen!«

Mario war außer sich. Er verließ die Truppe und brach den Kontakt ab.

Die anderen drei machten weiter. Es war wie ein Rausch.

Nur Paula zweifelte insgeheim. Hin- und hergerissen zwischen Faszination und Skrupel blieb sie vorerst dabei.

Als sie begonnen hatten, sich Menschen für ihre Zwecke auszusuchen, benötigten sie bald ein Hauptquartier, ein Geheimversteck, in dem sie von der Außenwelt abgeschirmt waren. Dafür kam nur eine der großen Villen infrage. Zum einen waren die per se schon gesichert mit Mauer, Elektrozaun, Kameras und Alarmanlagen, zum anderen boten die all den herrlichen Luxus, wie Pool, Bar und Weinkeller, auf den sie so scharf waren. Sie brauchten nur jemanden zu finden, der in so einer Villa wohnte, aber keine Verwandten hatte, keine Familie, die Anspruch auf das Anwesen erheben würde oder misstrauisch werden konnte.

Sie hatten nicht gedacht, dass sich so jemand so leicht finden ließ. Reichtum schien einsam zu machen. Dieser hier hatte wie ein Eremit gelebt. Ursprünglich ein Computernerd, genau wie sie, hatte er Geld gescheffelt bis zum Umfallen. Aber keinerlei soziale Kontakte geknüpft. Seine Eltern lebten nicht mehr, Geschwister hatte er keine. Perfekt. Und als Bonus gab es einen optimal ausgestatteten Computerraum im Keller.

Nach ihren erfolgreichen Selbstversuchen setzten sie einen ihrer programmierten Chip-Käfer auf den Villenbesitzer an und ließen ihn ins Koma fallen. Nicht in seiner Villa, sondern außerhalb. Beim Einkaufen. Zack - war er umgefallen.

Dieser Prachtbau war unglaublich gut gesichert, Kameras, Alarmanlagen, alles Drum und Dran. Es war für sie kein Problem, sich in das städtische Stromnetz einzuwählen und einen

Stromausfall herbeizuführen, um die Sicherheitsvorkehrungen zu umgehen. Als sie drin waren, aktivierten sie den Strom wieder.

Hier hatten sie genug Platz, um ihre Idee umzusetzen und nicht gestört zu werden.

Iron und Paula begaben sich in die Zwischenwelt, sie waren im digitalen System die Drahtzieher. Albert hielt die Stellung in der realen Welt. Der Plan war, dass auch er drüben in der anderen Dimension sein konnte und hier in der Villa nur noch ihre Körper lagen. Ein Computer, eine KI sollte dafür sorgen, dass die lebenserhaltenden Maßnahmen zuverlässig liefen und dass keiner ihren Schlaf störte.

Am Anfang war es wie ein Rausch gewesen.

Iron und Paula hatten sich wie Könige gefühlt und die Leichtigkeit genossen. Hier in der digitalen Welt befolgten sie ihre eigenen Regeln, mussten niemandem Rechenschaft ablegen. Sie bewegten die Schachfiguren in ihrer Dimension.

Doch diese Befreiung von allen Zwängen entwickelte sich für Paula bald zu einer Zwangsjacke. Sie glaubte, keine Luft mehr zu bekommen. Albert und Iron schossen über das Ziel hinaus. Sie übten extreme Macht auf andere Menschen, auf deren Bewusstsein aus. Paula wurde das zu groß. Wie war sie da bloß hineingeraten? Irgendwann hatte sie wohl aufgehört nachzudenken. Hatte sich von sich entfremdet, war alles andere als achtsam mit sich gewesen.

Und dann kam die Idee mit der KI auf. Um das durchführen zu können, musste größere Technologie her. Iron und Albert planten dafür eine Flugzeugentführung, um ein Cockpit ausrauben zu können. Da klingelten bei Paula die Alarmglocken. Sie versuchte, die beiden zu überzeugen, dass es auf jeden Fall ein leeres Flugzeug sein musste. Aber Iron war schon gefesselt von seiner Idee.

»Hey, wir schlagen zwei Fliegen mit einer Klappe! Wir brauchen schließlich auch mehr Arbeiter hier!«

Paula schwindelte.

»Iron. Komm zur Vernunft! Das ist zu groß für uns. Nimm ein leeres Flugzeug!«

Doch sie wusste schon, Iron war nicht zu bremsen. Sollten er und Albert das tatsächlich durchziehen, wollte sie nicht dafür verantwortlich sein.

Sie musste hier raus. Sie war diejenige, die inzwischen fremdbestimmt wurde. Von diesen machthungrigen Egoisten. Paula spürte, wie Wut in ihr aufstieg. Wie ein heißer, glühender Ball stieg sie in ihr auf. Sie musste sich und die Geiseln um jeden Preis befreien. Das wurde ihr in einem ihrer Gespräche auf einmal überdeutlich.

Iron, der wie immer in seinem geliebten Ledersessel saß und sich in seiner Macht suhlte, ahnte nichts. Er war dabei, neue Hirngespinste in die Welt zu setzen.

»Aaaaaaarrrgghhh, Iron, hörst zu mir überhaupt zu?«, brüllte Paula.

Puh, das hat gutgetan.

Iron zuckte zusammen.

»Nun brüll doch nicht so, ich kann mich gar nicht konzentrieren!«

»Scheiß auf deinen Kram! Diese vielen Geiselnahmen, wir stehlen ihre Seelen. Merkst du das nicht? Ich kann das nicht mehr!«

Iron hielt inne. So kannte er seine heimliche Liebe gar nicht. Sonst war sie immer so sanft. Was sollte das?

»Hey! Mach mal halblang. Krieg dich wieder ein!«

»Nichts mit einkriegen! Ich will nicht mehr. Ich gehe!«

Paula kämpfte mit den Tränen. Tränen der Wut und der Erleichterung. Sie musste hier weg, bevor sie den Mut verlor und in den alten Trott verfiel.

»Macht doch euren Mist allein. Ich mach diese Entführungen nicht mehr mit.«

Entschlossen drehte sie sich um und verschwand aus der Tür. Iron stand verdattert auf.

»Paula! Bleib hier! Du kannst nicht einfach gehen! Hey! Ohne dich schaffen wir das nicht!«

Er bekam es mit der Angst zu tun, begann zu brüllen.

»Paula, verdammt nochmal, komm zurück!«

Er schrie und tobte. Nichts half. Paula hatte ihn verlassen.

»Paula ist weg. Gerade abgehauen. Kannst du sie über das Netzwerk finden?«

Albert saß in der Villa und starrte auf den Monitor. Die Nachricht von Iron schockte ihn. Paula war spitze in ihrem Job, wenn sie nicht gefunden werden wollte, würde er sie auch nicht finden in der Zwischenwelt. Sie hatte es drauf, sich zu tarnen. Sie würde Chaos um sich herum programmieren und unauffindbar bleiben.

Wecken konnte er sie auch nicht. Sie würde direkt zur Polizei laufen. Ihre einzige Chance war, dass auch er in die Zwischenwelt eintauchte.

Jetzt wurde es um so dringlicher, diese Flugzeugtechnologie zu rauben.

An einen leerstehenden Flieger war kein Herankommen. Aber es starteten täglich diese kleinen Maschinen, die zwischen den Inseln pendelten. So eine wäre perfekt.

Er schrieb Iron von seinen Plänen.

»Ja, los, mach das. Tu alles, damit du herkommen kannst!«

Albert setzte sich sofort vor den Monitor. Er programmierte Käfer, suchte ein passendes Flugzeug, eines, das nicht ganz ausgebucht war. Und bereitete seinen Übergang in die Zwischenwelt vor.

Paula rannte in ihrer Verzweiflung weit weg von dem wütenden Iron. Rennen in der Zwischenwelt bedeutet, nicht zu wissen, wann man gegen eine Wand läuft. Im wahrsten Sinne des Wortes. Zum Glück hatte sie diese Welt programmiert. Während die beiden Männer nur Wert auf ihre »Fabrik« legten, hatte sie eine Umgebung erschaffen. Wald, Bäume, Wiesen. Aus Spaß sogar eine Wüste. Und eine verträumte Lagune. In wachen Nächten hatte sie sich einen Spaß daraus gemacht, Labyrinthe in den Berg zu zaubern. Sie hatte sogar eine eigene Tierwelt erschaffen. Die Kreation der Opiens gefiel ihr besonders gut.

Jetzt wurde ihr klar, dass sie sich einen Ausweg programmiert hat. Wo lag noch der riesige Baum mit dem Baumhaus, den sie gestaltet hat? Dorthin würde sie verschwinden.

Wie Sandsäcke fiel die Belastung der letzten Wochen von ihr ab. Sie hatte ganz vergessen, wie sich die Freiheit anfühlte. Paula formte Daumen und Zeigefinger zu einem »O« und pfiff. Da näherte sich ihr doch wirklich die Opienherde. Ihr Herz vollführte Freudentänze. Sie schwang sich auf den Rücken eines ihrer geliebten Reittiere und galoppierte davon.

Iron und Albert planten intensiv Alberts Einkehr in die Zwischenwelt. Bald sollte es klappen. Es musste noch ein Lager in der Wüste programmiert werden.

»Iron, hast du genug Leute, die das Lager übernehmen können? Wir brauchen da Helfer vor Ort, die die Flugzeugpassagiere übernehmen und einnorden.«

»Ja, das sollte passen. Ich ziehe hier alle ab, die wir entbehren können. Ist ja nur für eine kurze Zeit. Weißt du schon, wann es losgeht?«

»Das Helfercamp programmiere ich gerade. Ich gebe dir Bescheid, wenn du die Leute hinschicken kannst.«

»Gut. Ich werde Bob als ihren Anführer einsetzen, er ist schon am längsten hier.«

Bob war einer ihrer ersten Versuchsreihen entsprungen. Er war engagiert und stellte keine Fragen. Perfekt für diesen Job. Er hatte schon einige Neuankömmlinge eingenordet.

Paula hatte so viel Abstand wie möglich zwischen sich und den Berg gebracht. Sie stieg ab. Das Opien legte sich hin und ließ es zu, dass Paula sich an sein weiches Fell lehnte. Ihre Gedanken rasten.

Die wollen doch tatsächlich dieses Flugzeug klauen!

Ich brauche unbedingt eine Verbündete. Die beiden denken, sie sind die alleinigen Erschaffer dieser Welt. Die werden sich noch umgucken!

Paula war fest entschlossen, jemanden aus dem Flugzeug auf ihre Seite zu holen. Sie ließ die Herde grasen und kletterte in ihr Baumhaus.

Sie würde als Erste diese Maschine betreten. Gab es da nicht einen Code, mit dem sie die Zeit in dieser Dimension anhalten konnte? Da war sie durch Zufall drauf gestoßen. Das hatte sie niemandem erzählt. Ja, so ein Zeitfenster würde sie nutzen.

Sie würde in das Flugzeug steigen, als Erste, und Albert und Iron würden davon gar nichts mitbekommen.

Eine Passagierin werde ich auf jeden Fall auf meine Seite ziehen. In der Schule haben sie sich über meine kraftvollen Blicke lustig gemacht. Jetzt kann ich sie nutzen.

Paula dachte weiter.

Mensch, ich müsste Mario kontaktieren. Der könnte uns hier rausholen. Ja! Auch dafür werde ich das Flugzeug nutzen. Da sind doch Werbemonitore auf den Toiletten installiert. Darüber könnte ich eine Nachricht an ihn schicken.

Sie rieb sich die Hände. Langsam formte sich ein Plan.

Und meine Verbündete? Paula schmiegte sich an das strubbelige Fell des Opiens. Dann ging sie zu seinem Kopf und schaute ihm in sein Auge. Das werdet ihr übernehmen!

Im Baumhaus

Paula verharrte im Schneidersitz, den Schlapphut hatte sie abgelegt. Ihre wachen, flinken Augen beobachteten das Mädchen. Ein Lächeln spielte um ihren Mund, ihre Nasenflügel waren aufgebläht, sie war innerlich aufgewühlt. Was für ein entscheidender Moment, sie hatte sich Unterstützung geholt aus dem Flugzeug. Wie am Schnürchen hatte ihr Plan funktioniert. Jetzt nahm die Sache endlich eine Wendung. Iron und Albert waren schon viel zu mächtig geworden.

Da habe ich mir die Richtige ausgesucht, dachte Paula sich. Sie blieb still und beobachtete Laura. Das Verhalten von Menschen in einem Raum, wenn nichts passierte, war enorm aufschlussreich. Die meisten ließen sich nur schwer auf die Stille ein.

Laura wurde ungeduldig. Sie rutschte auf ihrem Kissen hin und her. Warten war so gar nicht ihr Ding. Lenkte sie sich nicht ab, kam tief in ihrem Innern ein dicker Kloß an die Oberfläche, der Traurigkeit im Schlepptau hatte. Warum, konnte sie nicht sagen, aber es war immer dasselbe. Darum vermied sie es, zu lange still zu sitzen. Ärgerlich ignorierte sie ihren stärker werdenden Trübsinn. Langsam verzweifelnd starrte sie die Wand an. Sie beamte sie sich in Gedanken weg, in eine wohltuende Erinnerung. In solchen Situationen tat sie das immer.

Irgendwann hörte Laura auf zu denken. Sie

spürte, wie die Luft um sie herum zu vibrieren begann. Ihre Hände wurden warm. Eine unsichtbare Kraft breitete sich aus. Eine merkwürdige Verbundenheit. Mit diesem Ort, mit dieser Frau, die sie gar nicht kannte. Ihr Bauch wurde von einer wohltuenden Wärme erfüllt. Laura öffnete die Augen. Paula lächelte sie an.

»Du wunderst dich bestimmt, warum du hier bist.«

Laura blinzelte. Wow, was war das denn gewesen? Sich räkelnd und streckend kam sie wieder zu sich. Und nickte.

Die Hirtin stand auf:

»Folge mir!«

Sie führte Laura höher in die Baumkrone hinein. Von dort oben konnten sie große Teile des Landes überblicken. Laura sah gar keine Städte, nur Landschaft. Wald, Hügel Seen, Wüste. Als wären sie allein auf der Welt. Aber sie wusste ja, dass die Graukappen im Berg waren.

»Wo sind wir?«, fragte sie in die Stille hinein.

»Auf einer Insel mitten im Nirwana.«

»Aber wie sind wir hierhergekommen?«

»Durch einen Käfer, im Grunde.«

Laura blickte sie ratlos an.

»Die Wächter haben eine Technologie erfunden, die die Wirklichkeit der Menschen verändern kann. Mit kleinen, käferartigen Robotern können sie das Bewusstsein von Menschen stehlen. Dadurch bekommen sie Zugriff auf die Wahrnehmung der Menschen. Es ist, als wenn du träumst. Da denkst du auch oft, dass das die Wirklichkeit ist und bist verwirrt. Wenn du aufwachst, musst du dich erstmal orientieren, wo du bist und weißt nicht mehr genau, welche Wirklichkeit echt ist. Genauso funktioniert das mit den Käfern.«

»Wie ..., Käfer, ... wie soll das denn gehen?«, entfuhr es Laura.

Paula schaute sie direkt an:

»Sobald dort, wo ein Käfer auftaucht, jemand einschläft, haben die Wächter Zugriff auf seine Traumwahrnehmung. Sie lassen dich schlafen und entführen deine Gefühlswelt, deine traumhafte Wirklichkeit hierher. Das funktioniert so gut, dass du hier auch einschläfst und in einer oberflächlichen Dimension träumst. Sogar Gefühle wie Hunger fühlen sich real an. Daher gibt es tatsächlich Mahlzeiten in dieser Dimension. Die meisten Menschen sind nicht stark genug, ihre Träume zu steuern und können sich nicht dagegenstemmen und wiedererwachen durch eigenen Willen. Sie leben hier in der Traumwelt weiter, während ihr Körper irgendwo im Bett liegt und schläft. Hier helfen sie den Graukappen, deren Technologie weiterzuentwickeln, immer mehr Käfer zu programmieren und immer mehr Menschen an ihren Traum zu fesseln.«

»Ich bin also in Wirklichkeit gar nicht hier? Sondern – aber ich bin nicht eingeschlafen, ich saß im Flugzeug!«

»Ja, das ist außergewöhnlich. Dass mit einem Mal derart viele Menschen entführt werden. Das ist neu. Es wird Zeit, dass etwas geschieht. Darum habe ich dich hergerufen. Die Wächter werden immer mächtiger. Wir müssen etwas unternehmen. Dafür brauche ich aber Hilfe.«

»Was kann ich tun?«

Laura würde alles in Bewegung setzen, um ihren Bruder wiederzuholen.

»Pass auf. Ich habe einen Käfer so programmiert, dass er ein bestimmtes Mädchen stechen wird, das uns helfen kann. Du wirst die Verbindung zu ihr aufbauen.«

Die Wächter

Die Flugzeugentführung hatte wie am Schnürchen geklappt. Albert installierte die neue Technik. Das Programmieren und Einstellen brauchte einige Zeit. Endlich konnte es losgehen. Er wollte auch darüber in die Zwischenwelt. Es wurde echt Zeit! Die Künstliche Intelligenz übernahm seinen Posten.

Albert kam in Irons Büro an.

Er fand seinen Freund in einem desaströsen Zustand an. Paula hatte ihn verlassen.

»Oh, Albert, da bist du ja. Wenigstens du! Paula ist weg!«

Iron war am Boden zerstört.

»Aber sie ist ja noch in dieser Dimension. Sie kann sich ja nicht selbst aufwecken. Wir müssen sie finden können.«

»Konzentrieren wir uns auf das Flugzeug. Wir haben anderes zu tun, damit uns das nicht alles aus den Fingern gleitet.«

Iron bekam allmählich wieder Boden unter die Füße.

»Das ist unsere Chance, Albert!«

»Ja. Jetzt kommen wir endlich mal voran. So viele Menschen auf einen Schlag zu rauben, das ist uns noch nie gelungen. Die Idee, die Käfer mit dem Catering an Bord zu schmuggeln, war grandios!!«

Albert setzte sich in den großen Sessel, der inmitten des geräumigen Büros stand. Iron riss vor Begeisterung die Augen auf und stieß die Faust in die Luft. Albert war immer wieder fasziniert, wie sein Freund so plötzlich von einem Extrem in ein anderes fallen konnte.

»Jaa! Das ist der Hammer! Unsere Programmierer werden immer besser. Die Käfer und die Kappen. So manipulieren wir bald die ganze Menschheit. Hier können wir unser Imperium aufbauen und es uns gut gehen lassen. Wir lassen die Menschen für uns arbeiten und leben in Saus und Braus. Pfeif auf Paula!« Trotzig schlug er auf den Tisch.

So einfach würde es nicht werden, dachte sich Albert. Iron ließ mal wieder den Naiven raushängen.

»Ewig können wir die Menschen hier nicht halten. In der wirklichen Welt dämmern sie ja in einem Wachkoma dahin. Irgendwann müssen sie aufwachen, sonst sterben sie, und dann haben wir auch keinen Zugriff auf ihre Traumdimension mehr.«

Albert behielt wie immer einen klareren Kopf.

»Ach was, sie hängen doch an lebenserhaltenen Geräten in den Krankenhäusern, mit künstlicher Ernährung und allem Pipapo. Du immer mit deinen Bedenken. Es läuft alles prima! Die Kappenproduktion hat ordentlichen Zuwachs bekommen, ebenso wie die Chipentwicklung. Wir haben alle Fäden in der Hand!«

Iron lachte.

»Was hältst du übrigens von diesem Aaron? Mit dem ist Großes anzufangen, vielleicht können wir ihn mit mehr Aufgaben betreuen. Er gehört zu unseren besten Spielern. Ich habe mal seine Gedanken verfolgt, er liebt es regelrecht, hier zu sein. Und – anders als bei den anderen - hat er eigene Gedanken. Er scheint das steuern zu können. Dennoch hat er noch keine Alleingänge unternommen.«

Albert runzelte die Stirn.

»Wenn das wirklich so ist, müssen wir ihn unbedingt herholen und ihm Verantwortung geben. Damit er sich dazugehörig fühlt und nicht auf falsche Gedanken kommt.«

»Ja, er braucht eine der führenden Aufgaben. Ich schicke ihm eine Aufforderung, herzukommen. Vielleicht können wir ihn bei diesem Flugzeugfang für das Verteilen der Quartiere einteilen?«

»Gute Idee!« Albert war einverstanden. Paulas Verschwinden war schon vergessen, sie hatten viel zu tun.

Aaron hörte in seiner Kappe den Befehl, im Wächterquartier zu erscheinen. Kurze Zeit später stand ein aufgeregter Junge vor Iron und Albert. Dass dieser gefühlsmäßig so durcheinander war, ließ sie stutzig werden. Normalerweise hatten ihre »Schützlinge« nie emotionale Reaktionen gezeigt. Wie gut, dass sie ihn zu sich hochgeladen hatten.

»Aaron. Willkommen. Wie fühlst du dich bei uns?«

Iron packte den Stier bei den Hörnern und erwähnte von sich aus die verbotenen Emotionen.

Die direkte Ansprache verunsicherte den Jungen, das war ihm anzusehen.

»Es ist schon ok. Ich weiß, unten ist es den meisten unmöglich, selbst zu denken, geschweige denn über Gefühle zu reden. Aber wir haben in dir jemand Besonderen entdeckt. Du kannst das doch, oder?«

Albert versuchte, dem Jungen Vertrauen zu schenken.

Aaron lächelte zaghaft.

»Ja, mir ist das aufgefallen. Dass keiner mehr selbst zu denken scheint. Ich habe mich nicht getraut, aus der Rolle zu fallen. Aber, ja, ich kann auch mit der Kappe meine Gedanken und Bewegungen steuern.«

Iron warf Albert einen scharfen Blick zu. Wie gut, dass wir den Jungen hier haben. Den spannen wir für unsere Zwecke ein. Iron wusste, dass Albert im Bilde war.

»Sehr schön, du hast dich gut im Griff. Du sollst ab heute dafür zuständig sein, die Neuen auf die Quartiere aufzuteilen. Da brauchen wir jemanden mit Verstand.«

Aaron strahlte regelrecht. Endlich bekam er eine verantwortungsvolle Aufgabe. Sie erkannten sein Talent. Hier war es tausendmal besser als in der realen Welt. Dies war sein wirkliches Leben!

»Ich werde das zu ihrer Zufriedenheit machen! Sie können sich auf mich verlassen!«

»Ja, das glaube ich dir aufs Wort!«, nickte Albert.

»Wenn dir irgendetwas Komisches auffällt, musst du uns das sofort melden.«

»Ich werde meine Augen offenhalten, das verspreche ich.«

»Gut, dann jetzt an die Arbeit. Geh direkt in den Saal und kümmere dich um die Neuen. Die Kappe wird dir die Anweisungen dafür geben.«

Im Saal

Leo fühlte die alte Beklommenheit in sich auf-
steigen, wenn eine ungeplante Situation ihn er-
fasste. Der Stuhl unter ihm war kalt, ständig
summte es in seinen Ohren, manchmal fiepte es
sogar. Er fasst sich an den Kopf. Was war das
bloß? Eine Stimme erklang in seinem Ohr. Beruhigende Worte, Leo konnte sie nicht verstehen.
Aber er fühlte sich besser. Sein Herzschlag beruhigte sich. Er schaute sich um. Er saß in einem
großen Saal, viele Stuhlreihen, fast alle besetzt.
Vorne sah er eine Bühne, auf der ein Mikro auf-
gebaut wurde. Die Halle lag unter der Erde, über
sich sah Leo den nackten Stein. Scheinwerfer er-
hellten den Raum indirekt. Aus den Augenwin-
keln sah er einen Paternoster die Kraterwand
herabfallen. Er drehte seinen Kopf nach links
und sah einen Mann darin stehen. Leo saß am
Rand der Stuhlreihen, so dass der Fahrstuhl fast
direkt neben ihm hielt. Hatte der Typ drei Augen?
Leo runzelte die Stirn.

Simon erschrak über die Menge der Menschen
im Krater. Diesmal hatten die Wächter es eindeutig übertrieben. Gleich ein ganzes Flugzeug
zu kapern. Klar, Arbeitskräfte brauchten sie.
Und die Kappen dämmten den Freiheitsdrang
der Neuankömmlinge rasch ein.

Das hatte er selbst schmerzlich erfahren, als
er vor einiger Zeit an diesen Ort verschleppt

wurde. Er war in einem hochtechnisierten Tauchroboter hergebracht worden. Sie waren gerade dabei gewesen, ein Wrack zu untersuchen, als ... ja als was? – er konnte sich einfach nicht mehr erinnern. Er kam erst hier auf diesen Stühlen zu sich. Genau wie diese Passagiere hier. Nur war er allein gekommen.

Simon trat aus dem Fahrstuhl und sah vor sich einen Neuen sitzen, der ihn verstört ansah. Wie versteinert, kaum atmend, saß der junge Mann auf seinem Stuhl. Simon hatte das Gefühl, ihn schon mal irgendwo gesehen zu haben.

Er schüttelte den Gedanken ab und ging nach vorne. Dort wartete einer der Wächter auf ihn. Er nickte ihm zu und stellte sich auf den ihm zugewiesenen Platz. Simon war dafür zuständig, die Neuankömmlinge in ihren Arbeitsplatz einzuweisen.

Er sah Aaron auf der Bühne stehen und ging auf ihn zu.

»Was machst du denn hier?«

»Ich komme direkt von den Wächtern. Ich soll die Unterkünfte verteilen.«

Der Erste kam nach vorne. Fremdgesteuert durch die Kappe. Die Augen des Neuen waren glasig, er stand unter den Nachwirkungen des Schocks.

Die Gefangenen wurden einer der drei Abteilungen zugeordnet: Technik, Soziales, Dienst.

Dieser Erste nannte sich »Pilot« – Simon musterte ihn interessiert und schickte ihn zu den Technikern.

Jetzt war dieser Junge dran, der Simon schon vom Fahrstuhl aus aufgefallen war, ein Computernerd. Er kam zu den Programmierern. Simon zeigte ihm den Weg.

Mechanisch folgte Leo ihm durch den langen, schmalen Flur. An die Wände waren digitale Bilder projiziert, die Schaltanleitungen zeigten, wie er sie aus seinem Studium kannte. Sie kamen in einen großen Raum, der ringsum mit Computerarbeitsplätzen bestückt war. In der Mitte stand ein Präsentationsmodul, das Informationen an eine Leinwand beamte. Leo war sofort in seinem Element. Die nonverbale Sprache der Menschen verstand er nicht gut, aber mit Computern kannte er sich aus. Kompetent folgte er den Ausführungen auf der Leinwand. Die Erklärungen hörte er über die Kappe, die er auf dem Kopf hatte. Jetzt nahm er um sich herum gar nichts mehr wahr und versank in der digitalen Welt.

Das Zuweisen der Quartiere, das war jetzt Aarons Job. Simon war froh darum, er mochte ihn. Er arbeitete gerne mit ihm zusammen.

Simon hatte inzwischen etwa die Hälfte der Neuen eingeteilt. Diesmal waren sogar Kinder dabei. Die Kleinen ließen sich am einfachsten regulieren, sie stellten sich schnell auf die neue Situation ein, wenn sie bei ihren Eltern blieben. Am Anfang hatten sie den Fehler begangen, die Kinder von den Eltern zu trennen. Doch das hatte zu vielen Turbulenzen geführt, so ließen sie die Familien zusammen. Harmonie und Gewohnheit schützt vor Aufsässigkeit.

Die Wächter

Iron fühlte sich wie berauscht seit dem Flugzeugfang.

»Jetzt legen wir richtig los!«

Albert runzelte die Stirn:

»Ja du hast recht, das ist alles gut gegangen. Wir sollten jetzt aber erstmal eine Zeit lang die Käfer zurückhalten, bis die Sache hier stabil läuft. Kein Misstrauen wecken. Sie werden die Flugzeugsache untersuchen. Dass plötzlich eine ganze Ladung Fluggäste ins Koma fällt, ist ein Medienknaller. Das bleibt nicht so unbemerkt, wie die Einzelfälle.«

Albert versank in seinem Sessel, Iron stand auf und marschierte durchs Zimmer. Der runde Teppich, in dem großen Büroraum wirkte wie ein Sog auf ihn. Wenn er zerstreut war, lief er darauf Kreise, das brachte ihn auf den Punkt. Er blieb stehen und starrte Albert an:

»Unsere Leute im Außencamp haben einwandfrei mitgespielt. Jetzt sitzen die Gefangenen schon alle im Saal und haben brav ihre Kappen auf.«

»Hoffen wir, dass wir die alle unter Kontrolle halten können.«

Die Pflegekraft

Mia räkelte sich. Oh je, war die Nacht schon um?
Der Weckruf hatte sie aus ihrem Traum gerissen.
Im Halbschlaf versuchte sie, ihn zurückzuholen.
Er war so real gewesen. Sie hatte sich rundum
wohl gefühlt. Er hatte mit Aaron zu tun, der im-
mer wieder auf der Krankenstation erschien.

Sie hatte sich gleich beim ersten Anblick in
seinen tiefgrünen Augen verloren. Je mehr sie
sich bemühte, sich zu erinnern, desto mehr verblasste der Traum, hatte sie das Gefühl.

Mia schlug die Augen auf. Das Licht im
Zimmer war automatisch mit dem Weckruf an-
gegangen. Alles war hell erleuchtet. Die kargen
Wände, der dunkle Boden. Sie setzte sich auf die
Bettkante und griff nach ihrer Kappe. Zögerte
sie das Aufsetzen noch etwas hinaus.

Bevor sie hier gelandet war, hatte sie als
Pflegekraft gearbeitet. Irgendwo musste sie sich
angesteckt haben. Mitten in ihrer Nachtschicht
war sie jedenfalls umgefallen. Und hier wieder
aufgewacht. Was dazwischen gewesen war,
wusste sie nicht mehr. Als Mia zu sich gekommen war, hatte sie eine Kappe auf dem Kopf und
saß im großen Saal. Natürlich ist sie der Krankenstation als Pflegefachkraft zugewiesen worden. Dort arbeitete sie seitdem. Durch den
Einfluss der Kopfbedeckung dauerte es lange,

bis sie realisierte, dass sie woanders war als früher, dass sich alles verändert hatte, doch da war sie schon mitten im Trott.

Reale Welt: Emma

Das Floß trieb unwiderruflich auf die Stadt zu. Der kleine lila Käfer streckte seine Fühler nach der Großstadtluft aus. Das Floß stieß an einen Schwimmsteg, einer von den vielen, an denen die Boote festgebunden waren. Der Käfer breitete kurz seine Flügel aus und flog auf den Steg. Zielstrebig krabbelte er in den Rillen Richtung Ufer. Sein Weg durch die großen Grashalme, die zwischen den Betonplatten wuchsen, war etwas beschwerlich. Er überquerte die Straße und lief hinüber zu der Wiese. Dort setzte er sich unter einen großen Busch und wartete ab.

Emma und Max kamen wie jeden Sonntagvormittag in den Park zum Spielen. Dort trafen sie die anderen Kinder aus der Nachbarschaft. Sie hüpften lachend über die Wiese, erleichtert, dem elterlichen Sonntagsfrühstückstisch entkommen zu sein.

Seit die Geschwister denken konnten, traf sich die ganze Familie sonntags um zehn Uhr zum Frühstück. Heute hatte sich Emma sogar extra ihr neues Outfit angezogen, das sie bei dem Stadtbummel mit ihren Freundinnen ergattert hatte. Sie wollte sich mal richtig schick machen. Enge weiße Hose, bauchfreies Top, sie fühlte sich wahnsinnig gut heute Morgen. Sie wünschte sich mal wieder ein Frühstück, so gemütlich und fröhlich wie früher. Emma wollte ihre beiden größeren Geschwister beeindrucken. Seit diese feste Partner hatten und Linda schwanger war, herrschte immer angespannte Stimmung am Frühstückstisch. Als Emma ins Esszimmer gekommen war, waren Linda und ihr Freund schon da. Wie immer hatte keiner bemerkt, dass Emma sich setzte. Die Atmosphäre war wieder bis zum Anschlag gereizt.

Emma nahm sich ein Brötchen. Während sie es mit Butter beschmierte, beobachtete sie die anderen. Es hat gar keinen Zweck, sich in den Streit einzumischen. Wieder eine Diskussion, bei der sich die beiden jüngeren Geschwister Emma und Max am liebsten unsichtbar gemacht hätten. Immer artete es in Krach aus, immer schrie irgendwann einer, einer rannte raus und knallte die Türen. Wie satt sie es hatte. Sie schlang das Frühstück herunter und gab Max ein Zeichen, zu verschwinden. Wie gut, dass es den Park gab.

Emma lief über den Rasen und kickte den Ball vor sich her. Im hohen Bogen flog er durch das Tor. Sie und Max spielten und rannten, bis sie alles um sich herum vergaßen.
Anschließend lagen sie im Gras, schauten in den Himmel. Wie strahlend blau er durch die hohen Baumkronen durchschimmerte. Ihr Outfit hatte Emma über den Spaß völlig vergessen. Erst als sie den Kopf hob, fielen ihr die Grasflecken auf

ihrer weißen Jeans auf. Oh je. Na, Mama würde die schon wieder rauskriegen.

Emma merkte, wie etwas an ihrer Hand kitzelte. Sie schaute hin und sah einen kleinen, leuchtenden lila Käfer, der über ihre Finger wackelte. Normalerweise schrie sie sofort auf, wenn sich ein Krabbeltier in ihrer Nähe befand, aber diesen hier fand sie irgendwie niedlich. Sie ließ ihn auf ihre Handfläche laufen:

»Guck mal, Max, wie süß!«

Max räkelte sich und setzte sich auf:

»So einen habe ich noch nie gesehen, hoffentlich beißt der nicht!«

»Ach was, der sieht aus wie ein Marienkäfer, voll süß.«

Der Käfer breitete seine Flügel aus und flog auf Emmas Schulter. Von dort krabbelte er zu ihrem Kopf und verschwand hinter ihrem Ohr. Emma hatte das gar nicht bemerkt und ließ sich zurücksinken, sie schloss die Augen. Plötzlich wurde sie richtig müde.

Max war schon wieder abgelenkt und aufgesprungen:

»Komm, lass uns noch ne Runde kicken!«

Emma antwortete nicht.

Max wunderte sich:

»Emma? Bist Du eingeschlafen? Emma!«

Sie bewegte sich nicht. Atmete ruhig und entspannt, schlief tief und fest. Max rüttelte sie:

»Emma, wach auf, wir müssen nach

Hause!«

Langsam wurde er wütend, weil sie nicht aufwachte.

Er brüllte sie an:

»Emma, jetzt komm!«

Doch sie rührte sich nicht. Ein Mann wurde auf ihn aufmerksam.

»Hey, was ist denn los, alles in Ordnung?«

»Ich bekomme meine Schwester nicht wach, sie ist einfach so eingeschlafen!«

Hilflosigkeit machte sich in Max breit. Normalerweise war Emma mit dem kleinsten Geräusch zu wecken.

Ihr Handy klingelte. Max wühlte in ihrer Tasche und nahm es heraus. Es war das neueste Modell, sie hatte es vor zwei Wochen zum Geburtstag bekommen. Mama war dran.

»Hallo Mama!«

»Wo seid Ihr, wir machen uns schon Sorgen, kommt bitte nach Hause!«

»Mama, Emma ist hier eingeschlafen und ich bekomme sie nicht wach!«

»Wie, eingeschlafen, mitten im Park?«

»Ja, ganz plötzlich...Wir sind hier beim Torbaum.«

Sie nannten den Baum schon lange so, weil er als Torpfosten gedient hatte, seit sie denken konnten.

»Bleib da, wir kommen!«

Max legte auf.

Er fühlte einen dicken Kloß im Hals. Am liebsten würde er vor lauter Angst schreien. Der Mann war weitergegangen, als er hörte, dass die Eltern auf dem Weg hierher waren. Er hatte Emma noch beobachtet, aber sie atmete normal, es kam ihm nichts ungewöhnlich vor. Ah, ein Glück, dahinten kam Mama angelaufen. Max sprang auf und lief ihr entgegen.

»Mama, endlich!«

Seine Mutter nahm ihn in den Arm und strich ihm übers Haar.

»Mensch Max, was habt ihr denn gemacht?«

»Ach, wir haben nur gespielt, wie jeden Sonntag. Ganz normal. Dann ist sie eingeschlafen.«

Zwischenwelt: Emma

Irgendwas hatte sie geweckt. Ein Knall? Sie spürte ihre linke Hand nicht mehr. Emma rollte sich auf den Rücken und wartete, dass ihre Finger mit dem bekannten fürchterlichen Kribbeln aufwachten, gegen das man nichts tun konnte, nur durchhalten. Sie lag gemütlich weich, etwas roch anders als sonst. Blinzelnd öffnete sie die Augen. Eine Höhle? Sie hatte doch gerade mit ihrem Bruder Fußball gespielt. Dann muss sie eingeschlafen sein. Das Kribbeln hatte aufgehört. Sie setzte sich auf. Wo war sie?

Emma erkannte, dass sie auf einem Wollfell saß. Jemand saß ihr gegenüber. Das war aber nicht ihr Bruder.

Langsam stieg Panik in ihr auf.

»Wo bin ich? Autsch!«

Sie war aufgesprungen und hatte sich den Kopf gestoßen. Prompt saß sie wieder. Das Mädchen kam näher.

»Hi, ich bin Laura, ist alles in Ordnung?«

»Ah, lass mich in Ruhe! Wo bin ich?«

»Alles ist gut, hast du einen Käfer gesehen, als du eingeschlafen bist?«

»nee ... warte mal ... ja ... da war irgendwas ..., Mist, meine Eltern machen sich bestimmt schon Sorgen.«

»Der Käfer hat dein Bewusstsein gestohlen. Deine Eltern denken, du schläfst einfach und bist nicht wieder aufzuwecken. Aber dein

Bewusstsein ist hier wach in dieser anderen Dimension.«

Emma bekam große Augen.

»Waaas? Das ist ja total irre. Und du? Bist du auch hier gefangen?«

Laura machte eine abwehrende Handbewegung.

»Ja, aber ich bin auch noch nicht lange hier. Alle Menschen, die hier sind, schlafen in der wirklichen Welt. Sie werden hier quasi gefangen gehalten.«

»Oh Shit! Und wie kommen wir hier wieder raus? Es muss doch eine Möglichkeit geben, wieder aufzuwachen!«

Emmas Kampfgeist regte sich.

»Ja, die gibt es. Wir haben schon einen Plan. Aber dafür brauchen wir deine Hilfe!«

Laura verstand jetzt, warum Paula ausgerechnet Emma ausgewählt hatte.

»Du musst uns helfen. Wir wollen uns alle befreien. Dafür brauchen wir dich. Um hier wieder rauszukommen, musst du diese Kappe aufsetzen.«

Sie reichte ihr eine unscheinbare graue Kopfbedeckung.

»Warum, was ist das?«

»Du musst gleich rein zu den anderen gehen. Die haben alle solche Kappen auf dem Kopf und bekommen darüber Befehle erteilt, werden quasi gesteuert über die Befehle aus den Kappen, wie Marionetten. Deine Kappe ist nur eine Attrappe. Aber du musst sie aufbehalten, um nicht aufzufallen.«

Emma drehte die Kappe in ihren Händen hin und her. Sie war unschlüssig, was sie tun sollte. Schließlich setzte sie das graue Ding auf ihren Kopf. Es passte wie angegossen. War sogar ganz bequem. Fragend sah sie Laura an:

»Bist du sicher? Und dann?«

»Du tust alles, was die anderen in der Höhle tun. Du wirst merken, dass ihre Augen wie verschleiert aussehen. Versuche mal, den Blick nach innen zu kehren, die Augenlider etwas zu schließen. Ja, gut so. Genauso sehen die anderen da drin auch aus. Dann fällst Du nicht auf.«

Emma war immer noch unschlüssig.

»Komm jetzt, komm mir nach!«

Laura kroch aus der Höhle. Was sollte sie tun, Emma war neugierig geworden. Also folgte sie dem fremden Mädchen. Sie standen auf einem steinigen Abhang.

»Ich kann nicht mit reinkommen, die dürfen mich nicht sehen, das musst du allein schaffen. Denk daran, es ist die einzige Möglichkeit, nach Hause zu kommen.«

Das gefiel Emma gar nicht. Jetzt hatte sie sich gerade etwas vertraut mit Laura gefühlt, nun wollte sie sie schon wieder verlassen?

»Ach Mist, und wenn ich nicht will?«

»Du musst! Du läufst erstmal einfach mit.

Bei der nächstbesten Gelegenheit täuschst du tierische Bauchweh vor. Sag, du willst auf die Krankenstation. Dort wartet Mia auf dich. Ihr musst du den Weg hier raus zeigen. Halte dich nur an die Regeln da drinnen. Nun viel Glück!«

Laura führte Emma in eine andere Höhle, sie krochen durch einen Tunnel, da hörte sie Stimmen. Der unterirdische Gang endete in einem großen Saal, der voll von Leuten war. Sie saßen in Stuhlreihen und schauten nach vorne auf die Bühne. Es stimmte, alle hatten diese Kappen auf. Sie fasste sich an den Kopf, ja ihre Mütze saß da noch. Laura war verschwunden.

Emma setzte sich auf einen freien Stuhl ganz hinten. Der Saal leerte sich allmählich. Die anderen Menschen bewegten sich irgendwie wie Roboter. Sie standen auf ein unsichtbares Zeichen hin auf, stelzten auf die Bühne und verschwanden hinter einer der drei Türen. Emma stieß ihre Nachbarin an, die in ihrem Alter zu sein schien. Doch deren glasige Augen nahmen sie gar nicht wahr. Sie beobachtete, dass sich manchmal eine ganze Familie gemeinsam erhob. So schloss sie sich unauffällig an, als das Mädchen neben ihr mit ihren Eltern aufstand. Emma setzte einen abwesenden Blick auf und folgte ihnen durch die Tür.

Sie gingen durch einen dunklen Gang und kamen in einen anderen Saal. Hier wurde gearbeitet. Viele Menschen waren hier. Alle hatten diese grauen Kappen auf dem Kopf. Grüppchenweise standen sie jeweils um ein Fließband herum, das wie ein U verlief und Dutzende von Computerteilen transportierte. Emma beobachtete, dass sich die Familie an so einem Fließband gruppierte. Sie sortierten die Dinge, die an ihnen vorbei liefen in Kästen. Emma stellte sich dazu und machte mit. Die Eltern beachteten Emma gar nicht. Sie benahmen sich noch immer wie ferngesteuert. Ganz tief in sich spürte Emma eine um sich greifende Angst.

Was sollte das alles? Hatte das Mädchen recht, konnte sie ihr vertrauen? Oder träumte sie? Wie war sie hierhergekommen? Wo waren ihre Eltern? Wie kam sie wieder nach Hause? Dann kamen ihr die vertrauensvollen Worte dieser Laura wieder in den Sinn.

»Versuche, nicht aufzufallen!«

Und dieser dringliche Tonfall dahinter. Emma nahm eine Platine vom Band und sortierte sie zu den anderen. Es roch metallisch. Manche Dinge auf dem Band konnte sie nicht zuordnen. Die ließ sie einfach vorbeifahren. Und kämpfte mit den Tränen.

Irgendwie ging die Zeit herum. Das war ja immer so, die Zeit lief einfach weiter, man musste nur durchhalten und mitlaufen. Sie brachte immer eine Veränderung mit sich. Darauf konnte man sich verlassen. In ihre Gedanken versunken sortierte Emma mechanisch die

Computerteile, die am Fließband an ihr vorbei-
liefen. Ein gleichmäßiger Lärmpegel durch die
Maschinen erfüllte die stickige Luft. Sie standen
in einer Höhle, die wie in einen Berg geschlagen
wirkte. Grelles Licht durchflutete den Raum.
Beim Hereingehen hatte Emma an der hohen
Steindecke einen hellen Fleck gesehen, der nicht
wie eine Lampe aussah. Schatten, die darüber
huschten. Dann hat sie sich schnell wieder auf
ihre Gruppe konzentriert. Nicht auffallen, war
die Devise.

Auf einmal wechselten die Lampen ihr Licht,
sie blinkten rot und eine Sirene war zu hören.
Ein Schreck fuhr Emma durch die Glieder. Hatten sie sie entdeckt? Puh, nein! Fast gleichzeitig
blieben die Förderbänder stehen und die anderen hoben die Köpfe. Im Gänsemarsch marschierten sie Richtung Ausgang.

Sie gingen in einen anderen Saal, der aussah
wie eine Kantine. An Eisentischen setzten sie
sich. Emma sah zu, dass sie bei »ihrer Familie«
blieb. Verstohlen schaute sie sich um. Der Saal
war voller Menschen. Alle hatten diese grauen
Kopfbedeckungen. Und aßen mechanisch.
Guckten nicht rechts und nicht links.

Komische Nummer hier, dachte Emma.

Tatsächlich gab es vorgetäuschte Fenster,
die auf ein Poster mit Bergpanorama an der
Wand gemalt waren, davor eine Fensterbank mit
Kakteen. Wie einladend.

Im Wohntrakt

Aaron wusste genau, was zu tun war. Er würde die erste Gruppe in den Wohntrakt führen. Erklären brauchte er nichts, die Kappen auf den Köpfen summten und kommunizierten über das Netzwerk die nötigen Informationen. Er passte auf, dass niemand die hilfreiche Kopfbedeckung abnahm. Die Wächter hatten eine Software entwickelt, die den Gefangenen suggerierte, dass das Tragen der Kappen Wohlbefinden bedeutet. Daher gab es keine Probleme mit den Neulingen.

Aaron erinnerte sich kaum an seine erste Zeit in der Kolonie. Er war so verstört gewesen, dass er einfach gemacht hatte, was er von ihm verlangt worden war. Er wusste noch, dass er in der anderen Welt in seinem Zimmer in dem Haus seiner Großmutter gesessen hatte und in ein Computerspiel vertieft gewesen war. Ohne Übergang fand er sich dann sitzend hier im Saal wieder, eine graue Kappe auf dem Kopf. Die Erinnerung dazwischen war wie ausgelöscht. Lange dachte er, er fantasiere. Er hoffte jeden Abend, am Morgen zu Hause aufzuwachen. Doch er blieb hier. Zwischen all den anderen.

Zuhause war er immer allein gewesen. Diese vielen Menschen hier, das war für ihn am Anfang kaum auszuhalten. Er fügte sich Schmerzen zu, um sich zu fühlen, um zu wissen, was real war. Doch es nützte nichts. Er blieb in dieser Welt.

Ein paarmal wachte er auf der Krankenstation auf. Die Pflegefachkraft dort kümmerte sich liebevoll um ihn. Sie hieß Mia. Ihre Fürsorge gab Aaron schließlich die Sicherheit, die er brauchte.

Inzwischen liebte er sein Leben hier. Die Funktion der grauen Kappe faszinierte ihn. Er hatte feste Aufgaben und immer die besten Arbeitsergebnisse erzielt. Und jetzt war er dazu noch von den Wächtern befördert worden.

Mit Mia traf sich Aaron inzwischen heimlich. Sie hatten beide entdeckt, dass sie die Kappen abnehmen konnten und dann gar nichts passierte. Außer dass sie so etwas wie Freiheit spürten. Sie durften sich nur nicht dabei erwischen lassen. Jedes Mal, wenn sie sich über geheime Zeichen verabredeten, kribbelte es in ihm und er konnte es nicht abwarten, sie wiederzusehen.

Doch öffentlich war kein Treffen möglich. Sie durften nur innerhalb ihrer Abteilung kommunizieren. Selbst das Denken an jemanden anderen war verboten, denn die Gedanken über die Kappen wurden beeinflusst und überwacht. Manchmal schaute Aaron die Graukappen an und fragte sich, ob die überhaupt selbst dachten oder ob seine Haube gar einen Defekt hatte, weil er durchaus seine eigenen Gedanken hatte. Seine Mitmenschen schienen gedankenlos zu sein, wie Roboter zu funktionieren. Das unterschied ihn von den anderen. Aber so gefiel es ihm. Er fühlte sich dadurch als etwas Besonderes.

Um die Kappen auszutricksen, übten Aaron und Mia, sich Eselsbrücken zu bauen und sich Bilder vorzustellen, die gedanklich mit etwas völlig anderem verbunden waren. Es gelang ihnen, die Kappen zu überlisten, so dass ihre inneren Vorstellungen Graukappen konform waren, obwohl sie gegen die Regeln verstießen.

Als Aaron wieder einmal von der Krankenstation entlassen worden war, vereinbarten Mia und er ein Zeichen in der Kantine zu hinterlassen, wenn sie sich am Abend in der Lagune treffen wollten. Das klappte. Durch ihren Gedankentrick verabredeten sie sich über die Codes. Sie hatten das richtig kultiviert.

Aaron zwang seine Gedanken in die Gegenwart zurück. Jetzt hatte er sich seinem neuen Job zu widmen, die Neuankömmlinge in ihre Privatquartiere einzuweisen. Einweisen. Kommt das von weise? Heißt das: Ich bin Wissender und weise dich in deine Bahnen ein? Wer legt das fest? In der Schule hatten sie ihn wegen seiner grünen Augen oft als Magier verlacht. Warum fiel ihm das in diesem Zusammenhang nur wieder ein? Das war ja zum Glück vorbei.

Ein Teil der Gruppe wurde zuerst auf die Quartiere verteilt, die andere Hälfte auf die Arbeitsbereiche.

Nachdem Aaron seine Leute in ihre Wohn-
bereiche gewiesen hatte, ging er zum Speisesaal,
um die Gruppe zu übernehmen, die schon mit
der Arbeitseinheit durch war. Er hatte noch Zeit
und beobachtete die anderen beim Essen. Dort
hinten saß sogar eine Familie. Er bekam über
seine Kappe das Signal zum Aufbruch. Aaron
winkte seine Gruppe zu sich. Ein Mädchen fiel
ihm auf. Es hatte Grasflecken auf der weißen
Hose. Kurz stutzte er, dann konzentrierte er sich
wieder auf die Kappe. Er hatte seinen Job zu tun.

An Emmas Tisch entstand plötzlich Unruhe, die
Stühle wurden zurückgeschoben. Der Junge mit
den grünen Augen winkte die Gruppe zu sich.
Zielsicher lotste er die Menschen durch den Saal
zu dem Ausgang neben den »Fenstern«. Wussten die denn alle, wo es hingeht? Keiner fragte,
sie folgten mechanisch. Emma lief ein Schauer
über den Rücken. Wenn sie den Kopf hob und
versuchte, Blickkontakt herzustellen, begegnete
sie nur glasigen Blicken. Hastig schaute sie wieder auf den Boden. Nicht auffallen.

Grünauge, wie sie ihn insgeheim nannte,
führte sie durch ein Labyrinth von Gängen. Sie
kamen an einen großen Flur, von dem viele Türen abgingen. Er öffnete die erste und man sah
eine Schlafkammer. Ein Mann aus der Gruppe
ging hinein, Aaron schloss die Tür hinter ihm.
Jetzt kam der nächste an die Reihe. So verteilte

er einen nach dem anderen auf die Räume.

Emma kam ins Schwitzen. Sie hatte sich ja hineingeschlichen, was wenn sie jetzt kein Bett für sie hatten? Tief durchatmen, dir wird schon was einfallen … dachte sie sich.

Nun war ihre Wahlfamilie an der Reihe. Sie verschwanden im nächsten Raum. Emma blieb einfach stehen. Mal sehen, was passierte. Ihre Handflächen wurden heiß. Als sich die Tür hinter der Familie schloss, stand sie allein mit Grünauge da.

Der guckte erst verdutzt, dann weiteten sich seine Augen wie vor Schreck. Das Mädchen mit der weißen Hose! Jetzt wusste er, warum sie ihm aufgefallen war. Er zog sie in das nächste Zimmer, stellte sich in die Ecke hinter der Tür und nahm seine Kappe ab. Dann schaute er sie durchdringend an:

»Pscht. Bleib ganz ruhig. Hörst du etwas über deine Kappe?«

Emma blinzelte. Sie wusste noch nicht, ob sie dem Jungen vertrauen konnte. Er verhielt sich eindeutig noch abgefahrener als die anderen. Er passte nicht ins Schema. Als er seine Kappe abgenommen hatte, hatten seine Augen angefangen, zu leuchten.

»Hey, keine Angst, du kannst mir glauben, mir ging es am Anfang auch so wie dir. Mich hatten sie bloß gleich erwischt mit der Kappe. Wenn du die aufhast, hast du keine Chance.

Dann wirst du willenlos. Aber deine Augen sind ganz klar, das hätte mir gleich auffallen sollen. Wie bist du hier reingekommen?«

Emma rang um Fassung, sie hatte sich echt zusammengerissen. Doch das Entgegenkommen dieses Typen, das freundliche Gesicht, weckten einen Hauch von Hoffnung auf einen Verbündeten.

Sie setzte sich aufs Bett, ließ die Schultern hängen und kämpfte mit den Tränen.

Aaron blieb in dem toten Winkel der Kamera stehen und schaute zu dem traurigen Mädchen herüber.

»Hey, alles wird gut. Ich bin Aaron. Leider kann ich nicht rüberkommen zu dir, wir dürfen eigentlich nicht in eure Zimmer. Hier beim Waschbecken ist keine Kamera. Mikrofone gibt es in den Privaträumen zum Glück nicht. Nimm mal deine Kappe ab. Merkst du einen Unterschied?«

Emma legte die Kappe auf ihr Bett.

»Kein Unterschied.«

Sie beichtete Aaron, wie sie hereingekommen war. Und dass dies keine Graukappe war, wie die anderen. Während sie erzählte, wurde ihr leichter ums Herz. Es tat gut, sich jemandem anzuvertrauen.

Aaron hörte zu und staunte. Was für ein Glück, dass sie sich mir anvertraut, dachte er. So kann ich die Sache vielleicht steuern.

»Aber was soll ich denn nun tun? Kriegen die nicht ganz schnell raus, dass ich nicht dazu gehöre?«

Aaron beschloss, diesem neuen Mädchen erstmal Sicherheit vorzugaukeln. Er musste herausfinden, was da draußen vor sich geht. Das war seine Chance, Albert und Iron zu beweisen, dass er ein treuer Diener war.

»Erstmal tust du so, als ob du dazugehörst. Wie bisher. Tust alles, was die anderen machen. Hältst den Blick gesenkt. Würdest du den Tunnel wiederfinden, in den du hereingekommen bist in den Krater?«

»Hm, wenn ich wieder im Krater wäre, dann ja, aber der Weg dahin, der war oberkompliziert.«

»Das ist kein Problem. Jetzt bleib erst mal hier und ruh dich aus.«

Sie war so durcheinander, dass sie das Wichtigste fast vergessen hätte.

»Ach verdammt! Ich soll Bauchweh vortäuschen, um auf die Krankenstation zu kommen. Dort soll ich einer Mia den Weg nach draußen zeigen. Kennst du sie?«

Aaron blinzelte, war Mia etwa eingeweiht? Und hatte ihn außen vor gelassen?

»Äh, Mia? Ja klar, die kenne ich. Aber ruh dich erstmal aus. Ich hol dich nachher ab und bring dich zu ihr.«

Emma merkte, wie ihr Atem wieder

normaler wurde.

Sie schloss kurz die Augen. Habe ich eine Wahl? Ich habe mir doch immer ein Abenteuer gewünscht ..., bitte hier hast du eins, Emma Martin. Na klasse. Sie sah Aaron an.

»Ja, gut. Ich bin bereit. Und völlig erschöpft.«

»Klar, leg dich hin, das Klingeln wird dich wecken. Ich werde Kontakt zu dir aufnehmen.«

Emma beobachtete, wie Aaron seine Kappe aufsetzte, die Tür öffnete und verschwand. Vollkommen aufgewühlt ließ sie sich auf das Bett sinken. Wie war sie hier bloß reingeraten?

An der Lagune

Aaron ging zurück in die Kantine. Unruhig rutschte er auf seinem Stuhl hin und her. Simon schaute ihn schon schief an. Er musste aufpassen, dass sein Freund nicht misstrauisch wurde. Was für ein Zeichen schickte er Mia bloß, damit sie zu ihrem vereinbarten Treffpunkt kam? Er wollte sie unbedingt treffen und ihr von Emma erzählen. Dort auf der Fensterbank standen ein paar Kakteen. Im Vorübergehen ließ er ein Taschentuch darauf fallen. Das würde reichen, das würde sie erkennen.

Mia betrat die Kantine. Wenn Aaron ihr ein Zeichen hinterlassen hatte, würde sie es finden. Sie checkte den Kantinenraum ab. War irgendetwas auffallend anders? Da, dahinten bei den Kakteen. Ein weißer Fleck. Sie tat so, als müsse sie auf Toilette und ging einen kleinen Bogen, an den Fensterbänken vorbei. Das Taschentuch. Das war es. Ihr Herz machte einen Sprung, sie fühlte ein Kribbeln in der Magengegend, sie würde ihn wiedersehen.

Nach seiner Schicht schlich sich Aaron in die Lagune. Seine Kappe platzierte er im Busch, dann kroch er durch einen kleinen Tunnel auf die andere Seite. Der Himmel zeigte diesen wundervollen Übergang zur Nacht, es wurde allmählich dämmrig. Die Umgebung verlor ihre scharfen Konturen und wurde lilagrau, die Luft war noch warm, leichter Wind wehte über seine Haut.

Mia war schon da. Er sah sie am Wasser stehen, versunken in den Sonnenuntergang. Leise kam er näher. Er roch ihren Duft nach frischen Blüten, spürte ihre Wärme. Sie drehte sich um. Und strahlte. Er schloss sie in die Arme und merkte, wie er von Kraft durchströmt wurde.

Mia genoss die warme Umarmung von Aaron. Sie nahm dennoch wahr, dass ihn irgendetwas beunruhigte.

»Hey, was ist denn los?«

»Ich muss dir etwas sagen!«

»Alles in Ordnung?«

»Ja, schon. Gestern ist etwas anders gewesen als sonst.«

Aaron beschloss, Mia nicht die Sache mit den Wächtern zu erzählen. Er wusste nicht, wie sie dazu stand. Aber über das mit Emma sollte sie im Bilde sein. Und dass er jetzt einen neuen Job hatte, das konnte sie auch ruhig wissen. Damit prüfte er gleichzeitig, auf welcher Seite sie stand.

»Ich habe gestern einen Job zugewiesen bekommen, die Verteilung der Quartiere. Dabei ist mir ein Mädchen aufgefallen. Weil sie mir direkt in die Augen schaute. Das gibt es hier ja nicht so oft, wie du weißt. Eigentlich ist mir das bis jetzt nur bei dir und Simon aufgefallen.«

Mias Herzschlag erhöhte sich sprunghaft. Gab es einen Grund, eifersüchtig zu sein?

»Und, was war mit diesem Mädchen?«

Aaron sah ihr ihre Unruhe an.

»Keine Angst, du bist die Einzige für mich.«, er spürte, dass das die Wahrheit war.

»Bei der Quartierzuweisung, hat sie mir erzählt, dass es hier in der Scheinwelt eine Rebellion gegen die Wächter gibt. Sie sagt, sie sei geschickt worden, um dich zu suchen. Sie soll dir den Weg nach draußen zeigen. Also dorthin, wo die Wächter keinen Zugriff haben.«

Ungläubig schüttelte Mia den Kopf.

»Was, was redest du da? Es gibt quasi eine zweite Zwischenwelt? Und warum ausgerechnet Ich?«

»Das weiß ich auch nicht. Irgendeinen Grund muss es haben. Sie wird früher oder später bei dir auftauchen.«

Mia runzelte die Stirn.

»Oh Mann. Wieder Veränderung. Es läuft doch gerade ganz gut hier. Was soll das denn jetzt?«

Ihre Augen füllten sich mit Tränen.

»Ja, ich weiß. Ich liebe unsere Welt, so wie sie ist.«

»Das geht mir genauso!«

Mia versuchte, sich zu fangen.

»Oh Aaron, was für eine Aufregung. Aber in Ordnung, ich werde mal anhören, was sie zu sagen hat.«, beruhigte Mia sich selbst.

Aaron gefiel das Ganze immer weniger. Er war im Grunde ein eher vorsichtiger Typ, gar kein Abenteurer. Dass er sich hier mit Mia traf, heimlich, das hätte er sich im normalen Leben gar nicht vorstellen können. Zuhause hatte er keine Freunde. Er war immer ein Außenseiter in der Schule gewesen. Doch hier, ... gleich hatte er eine Aufgabe bekommen, hier war er nützlich, bekam Anerkennung.

Und in Simon hatte er sogar so etwas wie einen Freund gefunden. Ja, Aaron hatte sich schwergetan am Anfang. Das hatte ihm die Besuche auf der Krankenstation beschert. Aber nun hatte er sich an die Umstände gewöhnt. Was das so mit einem machte, diese andere Welt. Sein Blick streifte über die Lagune. Es war so herrlich friedlich hier. Noch.

Wenn er nun erwischt werden würde? Sollte er Simon einweihen? Wie viele es wohl gab, die von dieser angeblichen Außenwelt wussten? Die meisten lebten nur in ihrer Kappenwelt, agierten mehr roboterartig, dachten gar nicht selbständig, drehten ununterbrochen ihr Hamsterrad, dessen war sich Aaron sicher.

Aaron zog Mia an sich heran und küsste sie. Nun war ihm zwar immer noch schwindelig, aber dies war ein angenehmer Schwindel.

Mia sah ihm in die Augen.

»Oh Aaron, wir schaffen das schon. Schick

diese Emma mal zu mir, ich hör mir an, was sie zu sagen hat. Dann sehen wir weiter.«

Aaron nickte.

»Komm, Mia, wir müssen zurück.«

Auf der Krankenstation

Mia öffnete die Tür zur Krankenstation und ging von Bett zu Bett. Viele Betten waren es gar nicht. Die Menschen wurden nicht wirklich krank, das ging ja gar nicht in dieser Traumrealität. Aber manchmal waren sie nicht arbeitsfähig und mussten rund um die Uhr beobachtet werden. Ihre Vorgängerin hatte nichts Auffälliges erzählt.

Hinter Mia ertönte ein:

»Hallo, ich bin die Neue!«

Erschrocken drehte sie sich um. Und war erstmal sprachlos. Da stand ein Mädchen vor ihr. Mit glasklarem Blick! Oh je, ich werde ihr beibringen, ihre Augen ein wenig zu trüben, dachte sie sich.

»Hi, schön dass du da bist. Ich bin Mia.«

»Emma. Bist du die Freundin von ...«

»Ähm, komm erstmal mit!«

Mia riss die Augen auf und guckte sie eindringlich an. Hoffentlich verriet sie sie nicht.

Sie zog Emma hinter sich her ins Labor. Dort gab es eine unbewachte Ecke, in der eine kleine Tafel stand. So konnten sie schreibend kommunizieren, ohne dass jemand mithörte.

»Ja, Aaron hat dich angekündigt, ich habe auf dich gewartet! Hier wird alles abgehört! Sei vorsichtig.«, schrieb sie.

Emma nickte mit angehaltenem Atem.

»Zuerst musst du dir angewöhnen, verschleiert zu gucken.«

Sie sah Emma an und schloss leicht die Augen, kehrte die Gedanken nach innen. Emma trübte ihren Blick. Mit einem Daumen hoch zeigte Mia ihr Einverständnis.

»Du machst mir hier alles nach, ich zeige es dir. Nachher bringe ich dich unter einem Vorwand in den großen Saal. Da zeigst du mir, wie du hereingekommen bist. Aaron hat mir alles erzählt. In Ordnung?«

Sie erntete ein Nicken. Mia wischte die Nachricht von der Tafel. Ihr Herz klopfte wild, hoffentlich ging alles gut.

Sie liefen wieder auf die Krankenstation. Mia arbeitete weiter und Emma folgte ihr.

Nach dem Schichtwechsel führte Mia das neue Mädchen durch ein Labyrinth von Gängen zum großen Saal. Er wirkte ganz anders, wenn er so leer war wie jetzt.

Im Saal

Manchmal juckte Simon der Leberfleck zwischen den Augen. Dann schloss er sie, konzentrierte sich darauf und das Jucken hörte auf. Als er sie jetzt wieder öffnete, stand er noch immer in dem Computerraum, vor sich hatte er den großen Bildschirm geöffnet. Hier konnte er die Bewegungsmuster der Neuen überwachen. Jeder hatte seinen Arbeitsplatz eingenommen. Sogar die Kinder waren beschäftigt, sie sortierten Teilchen in Kästen. Zum Glück waren im Flieger keine Babys gewesen, das wäre haarig geworden. Schon Kinder waren nie geplant, die waren viel schwieriger zu manipulieren. Kleinkinder gingen noch. Aber Teenager ... schwer. Er selbst war mit seinen 19 Jahren neben Aaron der jüngste in steuernder Position. Er zwang seine Gedanken wieder auf den Monitor.

Dort sah er ein neues Mädchen auf der Krankenstation auftauchen. Er beobachtete sie über den Bildschirm, wie sie da zwischen den Betten hin und herlief. Irgendwas hatte sie. Irgendwas war anders an ihr. Nur was?

Er wischte sich über die Augen.

Da war doch ... , das gibt's doch nicht!

Simon sprang auf. Er erkannte Mia auf seinem Monitor, wie sie dieses neue Mädchen hinter sich her zog in den Besprechungsraum. Dort verschwanden sie vom Bildschirm. Zunächst. Doch dann nahm er eine Bewegung wahr. Im

Spiegel gegenüber zeichneten sich Striche ab. Was war das, verdammt?

Mia schrieb etwas auf eine Tafel. Er konnte die Mädchen nicht sehen, aber die Tafel! Natürlich in Spiegelschrift. Doch das war für ihn noch nie ein Problem gewesen.

»Aaron – gewartet – abgehört. Augen verschleiert – großer Saal?«

Ihm wurde ganz anders.

Was sollte das heißen? Warum Aaron?

Er musste dringend mit seinem Freund sprechen.

Mist, er würde das hier melden müssen. Aber irgendetwas in ihm hielt ihn davon ab. Simon sprang auf. Jetzt erst mal schnell in den großen Saal, vielleicht schaffte er es, vor ihnen dort zu sein.

Simon zwang sich, nicht zu rennen. Er wollte auf den Überwachungskameras auf keinen Fall auffallen. Also legte er einen schnellen geschäftigen Schritt ein. Hoffentlich war er nicht zu spät. Der Fahrstuhl. Zum Glück hatte der Glaswände. Er spähte in den Saal.

Komm schon, Fahrstuhl, fahre schneller.

Seine Füße juckten. Wollten rennen. Er raufte sich die Haare. Nur ruhig bleiben, Junge. Nicht auffallen. Noch konnte er sich rausreden, wenn er entdeckt wurde, denn es gehörte zu seinem Aufgabenbereich, ab und zu die Halle zu checken.

Der Fahrstuhl setzte auf, die Türen öffneten sich, Simon riss sich zusammen. Aufrecht ging er zum Ende des Saales. Ließ seinen Blick durch den großen Raum streifen, als würde er ihn prüfen. Da hörte er Stimmen. Simon drehte sich um und sah die beiden Mädchen in den Saal kommen. Sie erfassten ihn ebenfalls und blieben abrupt stehen. Langsam ging Simon auf Mia und Emma zu, dabei versuchte er lässig zu wirken. Irgendwie war er verunsichert. Das passte gar nicht zu ihm. Was war nur los?

Er nahm die Kappe ab und steckte sie sich unter den Arm. So war er jedenfalls für die Gedankenüberwachung unsichtbar. Er sah, dass Mias Kappe ebenfalls unter ihrem Arm klemmte, nur die Neue hatte sie noch auf. Simon atmete tief durch und ging weiter.

Emma sah ihn schon von Weitem. Mist, sie waren nicht allein. Ihren Plan konnten sie vergessen, da wurde nichts daraus, der Tunnel musste warten.

Der Typ kam direkt auf sie zu. Fast zeitgleich blieben die beiden Mädchen stehen. Und fassten sich bei den Händen. Wie um sich gegenseitig Mut zuzusichern.

Dann nahm der Junge seine Kappe ab. Emma musste kurz schlucken. Wow, hatte der tolle Haare. Ach, das war ja der mit dem dritten Auge. Der auf der Bühne im Saal gestanden hatte. Er hielt ihr die Hand hin:

»Hallo, ich bin Simon. Der Zuständige für den Saal und die Verteilung. Du bist gestern neu gekommen, stimmt's?«

Emma guckte zögerlich zu Mia, die nickte unmerklich.

»Ja. Ich bin Emma. Neu hier. Auf der Kranken-station. Mia wollte mir den großen Saal nochmal zeigen.«

Sie hob das Kinn und sah ihm direkt in die Augen. Zum Teufel mit dem verschleierten Blick. Er sollte merken, dass sie keine Angst vor ihm hatte.

Simon bekam plötzlich ganz schrecklich weiche Knie. Was ging denn hier vor sich? Das war ihm ja lange nicht passiert. Verwirrt mur-melte er etwas von technischer Überprüfung und verschwand hinter der Bühne.

Mia wunderte sich. So kannte sie Simon gar nicht. Sonst war er immer die Korrektheit in Per-son. Warum hatte er sie nicht zurechtgewiesen? Damit hatte sie jetzt fest gerechnet. Sie zog Emma mit sich zur hinteren Felswand und setzte sich auf den Boden. Zeit gewinnen. Vielleicht verschwand Simon ja einfach wieder. Mia tas-tete mit der Hand an der Wand entlang und hielt die Luft an. Hier. Tatsächlich. Eine Öffnung. Der Sockel mit der Lichtsäule stand davor. Sie blickte fragend zu Emma, die nickte kaum merklich. Simon war wirklich hinter der Bühne verschwunden, ob die Luft rein war? Langsam schob sie sich zwischen Wand und Säule. Jetzt war der Tunnel zu erkennen. Leise ließ sich Emma auf ihre Knie fallen und krabbelte auf allen vieren in den unterirdischen Gang. Mia folgte ihr angespannt. Sie krochen auf das winzige Licht zu, das durch das Dunkel blitzte. Langsam wurde es größer, sie kamen der Sonne immer näher.

Am Ende des Tunnels stellten sich die beiden Mädchen auf die Füße und streckten sich der Sonne entgegen. Das tat gut. Das hatte Mia lange nicht gespürt. Aus lauter Übermut über den gelungenen Ausbruch aus der Gefangenschaft, tanzten sie und lachten. Sie sahen Paula nicht, die im Gegenlicht stand und auf die Mädchen wartete.

Paula spürte das frische, feuchte Gras unter ihren Füßen und atmete tief die frühe Morgenluft ein. Sie merkte, wie sie sich entspannte, ein Lächeln umspielte ihre Lippen. Ja, dies war die Chance, auf die sie gewartet hatte. Die Wächter hatten es diesmal wirklich übertrieben. Zuviel Gefangene auf einmal hatten sie gekapert. Dessen war Paula sicher. Das konnte nicht gut gehen. Zudem hatte sie jetzt schon mehrere Mitwisser im Krater. Gemeinsam würden sie es schaffen, das ganze System auffliegen zu lassen.

Ein spitzer Schrei riss die Hirtin aus ihren

Gedanken. Sie schnellte herum. Emma war über eine Baumwurzel gestolpert und hielt sich den Fuß. Mia half ihr hoch. Humpelnd kamen sie auf Paula zu. Diese blieb stehen und betrachtete die beiden.

Jetzt erst bemerkten Emma und Mia die Hirtin und erschraken. Wer war diese Frau mit dem braunen Schlapphut und dem Stock in der Hand?

»Willkommen hier draußen, ich habe auf euch gewartet!«

Meinte sie das ernst? Es war doch eher Zufall, dass sie ausgerechnet jetzt hier auftauchten?

Emma schluckte. Das war ihr nicht geheuer.

»Ich bin Paula, ihr habt vielleicht schon von mir gehört. Ich habe Laura beauftragt, dich einzuweisen, Emma.«

Emma blickte sie fasziniert an und nickte.

»Ja, sie hat von dir berichtet. Mia, ich habe dir doch von Laura erzählt.«

Mia starrte die fremde Frau an. Paula hielt ihr die Hand hin und lächelte:

»Hallo Mia, keine Angst, du kannst mir vertrauen. Wir werden alle befreien. Du bist hier, um dabei zu helfen.«

Zack, war Mia noch mehr verunsichert.

»Was, ich? Warum ich?«

»Ja. Du bist anders als die meisten da drinnen. Ist dir das noch nicht aufgefallen?«

Mia dachte nach. Dann holte sie tief Luft und nickte zögerlich.

»Normalerweise habe ich immer meine Kappe auf, wie alle anderen auch. Aber ich kann auch meine Kappe abnehmen. Dann bilde ich mir ein, selbst denken zu können. Und dann setze ich sie bewusst wieder auf und folge den Anweisungen. Ich glaube, ich agiere aus freiem Willen. Die meisten da drin laufen einfach mit.«

Paula sah sie zustimmend an:

»Ja, genau, wenn man länger hier ist, dann hinterfragt man das System nicht mehr. Die Graukappen dort drinnen, die neu sind, sind voll vereinnahmt, in der ersten Zeit nehmen die ihre Kappe gar nicht wahr, und vor allem setzen sie sie nicht ab. Wer stark ist, kann die Kappe später abnehmen und trotzdem das Hamsterrad am Laufen halten. Die meisten entscheiden sich für diesen Weg, da er am wenigsten Widerstände fordert. Ohne nachzudenken, laufen sie weiter in dem vorgegebenen Rhythmus. Nur wenige hinterfragen ihn und machen trotzdem weiter. Diese bekommen von den Wächtern Führungs-rollen zugeteilt, um unter Kontrolle zu bleiben. Verantwortung bindet, das spürst du bestimmt. Was glaubst du, warum du auf der Krankensta-tion bist?«

Mia nickte. Am Anfang hatte sie Schiss be-kommen, wenn sie etwas anderes gedacht hatte, als die Kappe vorschrieb. Sie hatte Angst, ent-larvt zu werden. Also hatte sie geübt, Leere in ihren Kopf einkehren zu lassen. Das hatte sie inzwischen gut drauf. Hier könnte diese Fähigkeit ihr helfen, ein Zweitleben als Rebellin zu führen. Wie aufregend!

Paula wurde unruhig.

»Wir müssen dringend besprechen, wie wir weiter vorgehen mit der Befreiung. Und wir haben nicht mehr viel Zeit. In der echten Welt laufen schon die Rettungsmaßnahmen. Ich habe sie bereits in Gang gesetzt.«

Mia bekam weiche Knie.

»Wie, Befreiung?«, traute sie sich, zu fragen.

»In der realen Welt liegen wir alle im Koma, das hat dir Emma bestimmt schon erzählt. Wir müssen uns wecken lassen.«

Paula sah die Verwirrtheit in Mias Blick. Sie hatte das Mädchen wohl etwas überfahren.

»Mia, pass auf. Du weißt doch, dass ihr da drin von den sogenannten Wächtern festgehalten werdet. Die beiden sind ehemalige Freunde von mir, wir haben gemeinsam die Programmierung erstellt. Ich weiß, was da vorgeht und ich weiß auch, dass sie zu Größenwahnsinn tendieren. Wenn du irgendwann wieder nach Hause willst, musst du uns helfen.«

Jetzt war Mia sprachlos. Diese Paula gehörte dazu! Sie spielten alle mit ihr. Mia wusste gar nicht, ob sie nach Hause wollte. Ihr gefiel es hier gut.

Doch diese Paula war nicht zu bremsen:

»Ich habe einen Plan zurechtgelegt. Ihr

müsst möglichst viele Verbündete drinnen finden, ohne aufzufliegen. Was ist mit deinem Freund, Mia, steht er zu uns? Können wir ihm vertrauen?«

Mia fühlte sich überrumpelt. Sie hatte gedacht, dass ihre Treffen mit Aaron geheim geblieben wären.

»Aaron? Ich denke schon. Jedenfalls hat er Emma zu mir geführt, als er gemerkt hatte, dass sie nicht fremdgesteuert ist.«

»Wen könntest du dir noch vorstellen, wer könnte uns noch helfen? Hat Aaron einen Freund?«

»Ja, Simon. Die beiden sind ziemlich dicke. Aber er hat noch gar keine Ahnung und hat uns eben fast entdeckt, als wir den Ausgang gesucht haben.«

»Dann hat auch er eine Führungsposition? Sehr gut, dann kann er auch noch selbst denken.«

Paula überlegte.

»Aber wartet nochmal. Laura hast du ja schon kennengelernt, Emma. Laura hat drinnen einen Bruder, Leo, der ist ein spitzenmäßiger Programmierer. Er soll den entscheidenden Knopf drücken. Er kann die Kappen umprogrammieren. Die Fremdgesteuerten müssen den Befehl erhalten, ihre Kappen abzunehmen. Alle gleichzeitig. Dann fehlt von einem Moment auf den anderen komplett der Zugriff. Das ist die

Schwachstelle, die wir brauchen, um alle aufzuwecken. Außerdem muss er eine Nachricht an die Monitore im Krankenhaus senden.« Den letzten Satz sagte sie mehr zu sich.

Ungläubig starrte Mia Paula an:

»Aber was passiert dann? Dann sind sie ja noch lange nicht wieder zuhause und aufgewacht.«

Paula lächelte: »Aber dann sind alle im Leichtschlaf. Wenn in der wachen Welt jemand an den Betten steht, der alle weckt, dann müsste das klappen.«

Aufregung stieg in Mia auf:

»Wie soll das gehen?«

Paula strahlte Zuversicht aus:

»Ich habe im Flugzeug eine Nachricht hinterlassen. Mit etwas Glück habe ich Kontakt zu dem Flughafenpersonal aufnehmen können. Wenn die die Zeichen richtig deuten, dann benachrichtigen die einen Freund von mir, Mario. Er ist eingeweiht und weiß, was hier läuft. Wenn Mario das Zeichen erhält, kann er es schaffen, alle zu wecken. Alle gleichzeitig.«

Reale Welt: Montago

Verärgert zog er seinen Putzwagen hinter sich her. Jetzt sollte er, ausgerechnet er, das Flugzeug putzen. Dieses Geisterflugzeug hier auf dem Rollfeld des Flughafens, in dem dieses furchtbare Unglück geschehen war. Ob hier Gase in der Luft hingen? Vorsichtshalber zog er sich seine Gesichtsmaske nochmal zurecht. Montago öffnete die Tür der Propellermaschine und sah sich um. Die Passagiere hatten sie rausgeschafft und in die Krankenhäuser verteilt. Als die Unglücksnachricht kam, ging eine Erschütterung durch die Presse. Auf allen Titelseiten gab es tagelang kein anderes Thema: »Flugzeugpassagiere samt Personal im Koma!«

Das Flugzeug hatte gerade die Türen geschlossen. Da war es schon vorbei gewesen. Es dauerte eine Zeit, bis die im Tower gemerkt hatten, dass da etwas nicht stimmte. Dass sich dort keiner mehr gerührt hatte. Sie hatten die Türen aufgebrochen und einen Riesenschreck bekommen: Alles war still gewesen. Wie auf einem Friedhof. Irgendwo hatte wohl noch ein Handy geklingelt. Doch niemand hatte mehr reagiert. Alle Passagiere waren eingeschlafen. Komatös.

Dann war Panik ausgebrochen. Man hatte zuerst an Gas gedacht, einen Anschlag. Doch es war nichts dergleichen nachzuweisen gewesen. Kein Bekennerschreiben. Und in der Luft waren keine Rückstände gemessen worden. Ein

Passagier nach dem anderen wurde herausgeholt. Mit Live-Übertragung auf allen Kanälen. Die Angehörigen wurden benachrichtigt. Eine Spezialeinheit zur Aufklärung eingesetzt. Das volle Programm. Es kam heraus, dass die Computerteile geklaut worden waren. Das konnte nur geschehen sein, als sich alle Welt auf die Patienten konzentriert hatte, währenddessen muss jemand das Cockpit geknackt und ausgeraubt haben. Die Nachrichten hatten sich überschlagen, gerätselt wurde immer noch.

Und jetzt sollte er hier putzen, damit das Flugzeug wieder starten konnte. Das Handgepäck hatten sie auch schon rausgeräumt. Montago wagte einen Schritt in das Ungeheuer. Er sah sich um.

Eigentlich sieht es wie ein normales Flugzeug aus, dachte er und seufzte. Also los. An die Arbeit. Ich fange vorne an und arbeite mich durch.

Er steuerte auf die Pilotenkabine zu. Die Toiletten konnte er außer Acht lassen, das Flugzeug war ja gar nicht gestartet. Da werden die sanitären Anlagen nicht benutzt worden sein. Aber als er an der Tür mit dem WC-Zeichen vorbeikam, konnte er nicht anders. Er öffnete sie. Da stimmte was nicht. Montago hatte schon Millionen Mal solche Toiletten geputzt, sie sahen alle gleich aus. Aber hier war etwas anders. Tatsächlich! Dieses Werbedisplay, das sie überall installiert hatten, flackerte. Jetzt zeigte es die Werbung für das Parfüm aus dem Bord Shop an. Das Bild wechselte. Ein Text erschien. Er starrte auf die Nachricht und vergaß das Atmen.

Montago musste sich setzen. Gleich hier, auf die Toilettenschüssel. Er blinzelte, vernahm das Rauschen in den Ohren, das sich immer einstellte, wenn ihn etwas stresste oder Angst machte. Er schloss die Augen und holte tief Luft. Dann las die Nachricht nochmal durch und machte ein Foto mit seinem Handy davon.

ACHTUNG VERSCHWÖRUNG! HILFE! KONTAKTE ALUAP! NEPPAK UARG! SCHNELL!

An Putzen war jetzt jedenfalls nicht mehr zu denken. Montago ließ den Putzwagen stehen und verließ aufgeregt das Flugzeug.

Zwischenwelt: Mia

Leo war ihr noch gar nicht aufgefallen. Jetzt sollte sie versuchen, ihn zu finden und zu überzeugen, dass er seine Programmierkünste auf die Graukappen ansetzte.

Aaron würde wissen, wo er sich aufhielt, er war doch mit Simon befreundet, dem, der die Jobs verteilte bei den Graukappen. Nachdem Mia Aaron ein Zeichen hinterlassen hatte, wartete sie an ihrem Stammplatz auf ihn.

Sie wartete nicht lange. Er kam. Er kam immer. Sie zogen sich an wie Magneten. Wie sonst, wenn er sich näherte, schauerte es ihr und ein Kribbeln durchzog sie. Aaron nahm sie in den Arm und für kurze Zeit waren sie Eins. Dann sah er sie an. Fragend.

»Was ist los? Du bist aufgeregt, anders als sonst.«

Mia antwortete zögernd:

»Jaaa, sag mal, ist dir ein Junge namens Leo aufgefallen? Dunkelhaarig, blaue Augen, etwas starr? Ein Computerfreak soll er sein.«

Aaron überlegte.

»Aus der neuen Ladung? Da ist mir tatsächlich jemand aufgefallen. Nervös suchend hat er um sich geguckt. Ich habe ihn sofort als meinesgleichen erkannt. Wir haben ihn in die Programmierabteilung versetzt. Streng geheim, weißt du ja.«

102

»Ja, das muss er sein. Ich muss mit ihm sprechen. Ich habe eine Nachricht von seiner Schwester.«

Verdutzt kratzte sich Aaron seiner Nase:

»Ich bin mir sehr sicher, dass er allein war. Keine Schwester, weit und breit!«

Mia wurde ungeduldig.

»Sie ist hier. Aber nicht bei uns. Sie ist draußen. Und will wissen, wie es ihm geht. Kannst du ihn zu mir auf die Krankenstation bringen?«

Aaron wurde unruhig. Er wollte immer noch nicht, dass sich was ändert. Er wollte sich doch da raushalten. Aber er konnte Mia das nicht abschlagen, ohne Verdacht zu erwecken. Er würde versuchen, diesen Leo in die Krankenstation zu schicken. Und dann musste er dringend seine Chefs informieren. Sie vertrauten ihm.

Leo

Leo hatte alles um sich herum vergessen, er wusste nur, dass er am Rechner saß. Hier kannte er die Welt. Im virtuellen Raum. Hier fühlte er sich sicher.

Umso mehr erschrak er, als ihm jemand auf die Schulter tippte. Ach der mit dem dritten Auge. Leo zuckte zusammen, sah ihn an:

»Was ist los?«

Simon zeigte auf den Monitor:

»Kommst du klar?«

»Ja, alles im grünen Bereich.«

»Gut, lass mich wissen, wenn dir was auffällt.«

Simon wandte sich ab. Leo widmete sich seinem Bildschirm. Doch nur kurz, schon stand wieder jemand hinter ihm. Er merkte, wie ihm etwas in die Hosentasche gesteckt wurde. Ein Zettel. Ruckartig drehte er sich um, sah jedoch nur einen Schatten verschwinden. Er steckte die Hand in die Hosentasche und fühlte. Stocksteif saß er da. Dieser Überfall hatte ihn aus der Bahn geworfen. Er musste sich erstmal sammeln. Zitternd ging er zum Toilettenraum. Er schloss die Tür hinter sich und wühlte ein Stück Papier hervor. Ein gefalteter Zettel. Zuerst las er:

»Nimm sofort die Kappe ab!«

Leo fühlte sich an den Kopf. Stimmt, seine Kopfbedeckung hatte er völlig vergessen. Aber warum? Er nahm sie ab. Irgendwas fühlte sich plötzlich anders an. So kalt. So still. Seine Finger falteten die Nachricht auseinander.

Da stand:

»Triff mich auf der Krankenstation. Sage niemandem etwas, denke auch nicht daran, sobald du die Kappe wieder aufgesetzt hast. Vernichte den Zettel! Laura«

Leo zitterte. Seine Schwester! Ein Lebenszeichen! Wo war sie?

Er zwang sich, ruhig zu bleiben. Spülte die Nachricht in der Toilette herunter, setzte seine Kappe auf und ging zurück zum Computerraum. Dort stand der junge Mann mit dem dritten Auge und schaute ihn fragend an.

»Was ist los, alles O.K.?«

Leo reagierte schnell:

»Nein, mir geht es nicht gut. Schwindel, Übelkeit. Ich weiß auch nicht. Gibt es eine Krankenstation?«

Simon zeigte ihm den Weg.

»Vielleicht können sie dir da helfen. Ich übernehme so lange.«

Auf der Krankenstation

Mia war schon mit dieser Ungeduld aufgewacht. Hatte sich in die Krankenstation eher geschleppt als alles andere und verrichtete hier ihre Arbeit. Mechanisch. Wie in Trance versorgte sie die Patienten. Was für ein Tag. Sie sehnte sich nach blauem Himmel, nach frischer Luft, nach früher. Wütend stampfte Mia mit dem Fuß auf.

Komm zu Dir! Es verändert sich, bald! Es geht bald los! Das hatte Paula doch gesagt! Ob Leo hier auftauchen würde?

Er musste eingeweiht werden, nur er konnte mit den Programmierungen umgehen. Doch diese Veränderungen machten ihr auch Angst. Was würde aus ihr und Aaron werden? Sie kannten sich nur von hier. Was wäre, wenn sich alles auflösen würde? Eine Trennung von ihm konnte sie sich nicht vorstellen. Sie schloss die Augen.

Als sie sie wieder öffnete, stand ein Fremder vor ihr. Dunkelhaarig, groß, blaue Augen. Klare Augen. Sie erschrak.

»Hey, sorry, kann ich helfen?«

Der Typ sah etwas verloren aus.

»Ja ich hoffe, ich suche meine Schwester!«

Mia zuckte zusammen. Das war das Stichwort. Das musste Leo sein, Lauras Bruder. Jetzt ging es also los. Sie holte tief Luft.

»Komm mit!«, sagte sie und drehte sich um.

Leo blieb nichts anderes übrig, als Mia zu folgen. Sie gingen in ein leeres Krankenzimmer.

Dort zeigte sie auf das Bett, legte ihre Hand auf seine Schulter und sagte:

»Komm alles wird gut, deinen Schwindel bekommen wir in den Griff. Leg dich nur schon mal ins Bett.«

Leo guckte sie verwirrt an: »Aber, aber ich bin doch …«

»Ja alles gut! Leg dich hin!«

Durchdringend sah sie ihn an. Er musste einfach verstehen und mitspielen. Wie sollte sie ihn sonst einweihen, wenn er nicht den Kranken mimen würde. Also schob sie ihn mit Nachdruck zum Bett. Leo zögerte. Aber wenn das der einzige Weg war, seine Schwester wiederzusehen, dann musste er wohl so tun, als ob. Also legte er sich hin und deckte sich zu.

Mia dimmte das Licht dunkler und nahm ihre Kappe ab. Sie bedeutete Leo, es ihr gleich zu tun. Er bekam große Augen.

»Nein! Das dürfen wir nicht!«

»Pssst. Sei leise! Sie dürfen uns nicht hören. Wenn wir die Kappen abnehmen, sind wir sicherer. Ich weiß wo Laura ist!«

Leo verkrampfte sich. Ihm war es zuwider, wenn etwas so plötzlich, ohne Vorwarnung geschah. Er dachte an Laura und ihre beruhigende Stimme, die ihn immer wieder in solchen Situationen gerettet hatte. Und atmete tief durch. Dann griff er nach seiner Kappe, zog sie vom

Kopf und legte sie behutsam neben sich.

Wieder spürte er diese komische Leere. Er runzelte die Stirn und sah die Krankenschwester an.

»Ich bin Mia. Ich soll dir von Laura erzählen. Sie ist hier. Also nein, sie ist draußen. Es existiert eine andere Welt draußen.«

Sie sah, dass Leo immer verwirrter guckte. Er ballte die Fäuste, ließ die Knöchel knacken und machte keinen stabilen Eindruck.

»Hey, hey, alles in Ordnung. Es geht ihr gut. Vielleicht hast du gemerkt, dass hier alle diese Kappen tragen. Damit halten sie uns gefangen. Hast du dich nicht gewundert, ist dir gar nichts komisch vorgekommen?«

Leo versuchte, ruhiger zu werden. Nee, eigentlich war alles wie immer. Er war am Computer und aß und trank und schlief. Das war sein Leben.

»Nein, eigentlich nicht.«

Mia sank der Mut, das würde schwerer werden, als sie angenommen hatte. O.K., neuer Versuch.

»Also es ist so, wir werden hier quasi als Sklaven gehalten. Damit wir gefügig sind, haben wir die Kappen auf. Damit steuern die Wächter uns. So vergessen wir zu denken und reagieren nur noch auf ihre Befehle. Aber in Wirklichkeit halten sie uns gefangen. Deine Schwester ist draußen, sie hat es geschafft, vom

Flugzeug wegzukommen. Sie plant mit einigen anderen zusammen unsere Befreiung.«

Leo erinnerte sich nur schwach an das Flugzeug, in dem alles begonnen hatte. Das kam ihm merkwürdig vor. Normalerweise konnte er sich immer exakt an jede Kleinigkeit erinnern. Manchmal zu gut. Irgendwas stimmt hier nicht, dachte er. Vielleicht ist das echt so, wie sie sagt und es geht hier nicht mit rechten Dingen zu. Er runzelte die Stirn.

»Wo ist Laura jetzt? Kann ich sie sehen?«

»Noch nicht. Aber du musst uns helfen. Nur du durchblickst die Programmierung. Wir brauchen dich, damit du die grauen Kappen umprogrammierst.«

»Meinst du die Anweisungen, die über die Kappe kommen? Aber das merken die doch sofort!«

»Ja, deshalb muss es ja auch ganz schnell gehen. Wir sind hier in einer Scheinwelt. In Wirklichkeit liegen wir in der realen Welt im Koma in einem Krankenhaus. Die Entführer haben unser Bewusstsein gestohlen und so denken wir, dass wir hier für sie arbeiten. Und in dieser Traumwelt tun wir das auch. Doch jetzt haben sie ein ganzes Flugzeug gekapert. Dadurch wurde die Welt da draußen auf uns aufmerksam. Die Behörden forschen nach der Ursache der vielen Komafälle, die Presse ist hellhörig geworden. Das ist unsere Chance, geschlossen wieder zurückzukommen. Wir haben nur ein kurzes Zeitfenster. Wenn wir die Kappen abnehmen, liegen wir nur in einem leichten Schlaf. Wenn der Zeitpunkt gut abgepasst wird, kann man uns in dem Zustand leicht wecken.«

Leo merkte, dass sein Herzschlag sich wieder verlangsamte. Nun wurde alles klarer. Er hatte auch diesen Film gesehen. Das verstand er.

Und er bekam einen Auftrag. Er musste handeln. Das konnte er.

»Aber wie werden wir wieder wach?«

»Paula, unsere Befreierin, hat im Flugzeug eine Nachricht hinterlassen. Sie werden uns zu einem vereinbarten Zeitpunkt aufwecken, wenn wir alle die Kappen abgenommen haben.«

Mia wurde immer ungeduldiger.

»Kannst du das schaffen?«, sie guckte Leo scharf an.

»Klar, technisch ist das kein Problem für mich. Woher wissen die, wann sie uns wecken sollen?«

»Ja da wäre noch etwas. Es müsste zeitgleich mit dem Befehl, die Kappen abzunehmen, eine Nachricht auf allen Displays der Krankenhäuser erscheinen, dass jetzt das Gegenmittel gespritzt werden soll. Kannst du dich auch nach draußen hacken?«

Leo überlegte.

»Warte, Paula hat mir einen Code gegeben, der könnte dir helfen. Sie war von Anfang an dabei, als der Plan der Fremdbestimmung ausgeheckt wurde.«

Mia kramte in ihren Taschen.

»Ah, hier ist er. Kannst du damit was anfangen?«

Leo nahm den Zettel entgegen.

»Ja, ich glaube, ich weiß, was gemeint ist.«

Als Mia den Raum verlassen hatte, wurde Leo regelrecht schwindelig. Alles hing von ihm ab. Er würde allen gleichzeitig durch die Kappe verordnen, diese abzunehmen. Und weitere Befehle blockieren. Die Anzeigen der Displays zu manipulieren, sollte ihm dank des Codes gelingen. Wenn er nur dadurch seine Schwester wieder hätte. Aber schaffte er es, seine Mission geheim zu halten? So zu tun, als ob nichts wäre? Schauspielern hatte er nie gekonnt. Man hatte ihm immer genau angesehen, wenn etwas nicht stimmte.

Leo schloss die Augen und atmete tief durch. Ja. Er musste zurück an seinen Computer. Er ordnete seine Gedanken, setzte die graue Kappe wieder auf und erhob sich.

Reale Welt: Uniklinik

Die Tränen flossen. Unaufhörlich. Claudia Martin saß im Krankenhaus, seit Stunden am Bett ihrer Tochter. Sie hatten den Krankenwagen gerufen, sie hatten sie hergefahren. Ihre Emma. Da lag sie. Im tiefsten Koma. Und rührte sich nicht. Was sollte sie nur tun? Was war nur passiert? Reiß dich zusammen, ermahnte sie sich. Du musst doch was tun können.

Sie stand auf und ging zu ihrem Laptop zu dem kleinen Tisch im Krankenzimmer. Wieder und wieder suchte sie im Internet nach ähnlichen Vorkommnissen. Es hatte hier und da vergleichbare Fälle gegeben. Sie hatte ebenfalls von diesem mysteriösen Flugzeug gehört, das Geisterflugzeug, in dem alle Passagiere ins Koma gefallen waren. Sie versuchte, die Angehörigen zu kontaktieren, bekam aber keine Kontaktdaten heraus. Über die sozialen Medien setzte sie sich vereinzelt mit anderen Betroffenen in Verbindung. Alle waren ratlos. In ihrer Not und Verzweiflung hatte sie ihre Situation im Netz verbreitet. Sie wusste, ihre Tochter würde dies nicht gutheißen. Denn schließlich sollte man Privates nicht so öffentlich machen. Das hatte sie ihr selbst immer wieder gepredigt. Dennoch war jetzt auf jeder Plattform der sozialen Medien ihre Geschichte zu lesen. In der Hoffnung, jemand würde sich melden, dem Gleiches widerfahren war.

Da, eine Mitteilung. Der kleine rote Kreis mit der »1« darin. Sie tippte drauf.

Sie war von ihrem Mann:

»Hey meine Liebe, mach den Fernseher an, schnell!!«

Claudia klickte auf die Nachrichten-App.

»Melden Sie sich bitte! Es könnte zwischen allen Komapatienten ein Zusammenhang bestehen. Wir müssen schnell handeln!«

Claudia hatte nicht alles mitbekommen, sie hatte zu spät eingeschaltet. Aufgeregt suchte sie ihr Handy und rief ihren Mann an.

Der Plan bröckelt

Montago war direkt zur nächsten Estación de policia gelaufen. Hatte sich ausgewiesen und war in ein Zimmer geführt worden. Hier saß er vor dem Oficial de policía und zeigte ihm sein Handyfoto von dem Display des Flugzeugs.

»Was halten sie davon?«

Der Policía startete seinen Computer. Unter »Aluap« gab es eine verschlüsselte Seite, die ein Passwort verlangte. Er gab: »Neppak uarg« ein. Und es erschien eine Adresse. Nichts weiter.

»Kommen Sie! Wir fahren da hin!«

Im Polizeiwagen rasten sie über die Insel. Vor dem besagten Haus kamen sie zum Stehen. Der Polizist stieg aus, Montago folgte ihm. Ein Mann mit einem langen roten Bart öffnete, er hatte eine Teekanne in der Hand.

»Guten Tag, wir wollen zu Aluap!«

Der Rotbärtige riss die Augen auf und ließ die Kanne fallen. Mit einem lauten Knall zerschlug sie und der heiße Tee spritzte beiden Männern an die Beine. Sie schrien auf und sprangen ein Stück zurück.

»Verdammt! Passen Sie doch auf!«, fluchte der Polizist.

Er drehte sich um und bedeutete Montago, dem Mann das Handyfoto zu zeigen. Noch immer benommen schaute sich dieser die Nachricht an, sagte aber nichts. Dann hob er den Kopf, zuckte mit den Schultern und hielt ihnen die

Hand hin:

»Ich bin Mario, die Nachricht ist für mich. Und wer sind Sie, wenn ich fragen darf?«

»Lopez, guten Tag. Dies ist Herr Diaz. Herr Diaz hat in dem verlassen Flugzeug diese Nachricht gefunden. Die hat uns zu Ihnen geführt.«

Mario seufzte und bat sie mit einer Handbewegung in sein Haus.

»Setzen Sie sich!«, bot er Montago und dem Polizisten einen Platz an.

Dann holte er einen Handfeger und eine Schaufel und fegte die Scherben seiner Teekanne auf. Er brauchte Zeit, um nachzudenken. Mario kam zurück ins Wohnzimmer und setzte sich seinen beiden Überraschungsgästen gegenüber.

Er suchte nach den richtigen Worten. Sie hatten ihn überrumpelt. Wie fing er bloß an?

»Haben sie es also wirklich geschafft. Diese Ganoven. Hut ab ... das muss man schon sagen. Als ich von dem Flugzeug hörte, konnte ich nicht anders. Da habe ich schon daran gedacht, dass das die beiden gewesen sein könnten. Aber ich konnte es nicht glauben. Und nun das. Das ist der Beweis.«

Er murmelte die Worte eher.

Montago bekam große Augen. »Was meinen Sie?«

Mario seufzte. Er zögerte kurz, dann erzählte er den Männern die ganze Geschichte.

Skeptisch hörten sie sich an, wie es zu dieser Flugzeugentführung gekommen war. Als Mario geendet hatte, schlug der Polizist mit der Hand auf den Tisch.

»Das klingt alles so unglaublich, dass es wahr sein könnte. Meine Frau arbeitet im hiesigen Krankenhaus und erzählte mir gestern Abend bei Tisch, dass sich die Komafälle dramatisch häufen. Und zwar nicht nur im Zusammenhang mit dem Flugzeug.«

Mario nickte:

»Ja, ich schätze, angesichts dieses hinterlassenen Zeichens müssen wir jetzt schnell handeln. Und vor allem brauchen wir das Gegenmittel. Wir mussten es damals auf dem Schwarzmarkt besorgen. Man bekommt es aber auch in den Krankenhäusern, sie werden es vorrätig haben. Ich komme mit!«

Mario zog sich seine Jacke über und verließ mit dem Polizisten und Montago das Haus. Noch im Polizeiauto meldeten sie sich im Krankenhaus an. Sie mussten dringend mit den Ärzten sprechen und einen Plan erarbeiten, wie sie die Komapatienten alle ins Hospital Universitario nuestra Senora de Candelaria zusammenlegen konnten. Dies war das größte Klinikum auf dem Archipel. Sie hofften, dass sich die Entführungen nur auf die Inselgruppe der Kanaren ausgeweitet hatten.

Außerdem war klar, dass sie keine Zeit zu

verlieren hatten. So abwegig die Theorie dieses verrückten Rotbärtigen auch klang, man musste ihr nachgehen. Das Flugzeugunglück hatte eine zu große Presse, zu viele Menschenleben standen auf dem Spiel.

Telefonisch gaben sie die Anweisungen durch, den Vorlesungssaal leer zu räumen und für die benötigten Betten freizuhalten. Außerdem hatte Mario ihnen von dem Gegenmittel berichtet, das die Injektion des Käfers unschädlich macht. Das mussten sie in großen Mengen vorrätig haben, damit jeder Patient diese Spritze bekam. Sonst würden sie sie nicht wach bekommen.

Gleichzeitig beauftragte der Polizist die Pressestelle, in allen Nachrichten und in den sozialen Medien die Aufforderung zu verbreiten, sich zu melden, wenn ein Familienmitglied aus unerklärlichen Gründen ins Koma gefallen war. Die Telefone liefen auf Hochtouren, während Mario, Montago und der Polizist zum Klinikum rasten.

Mario saß auf der Rückbank. Seine Gedanken wirbelten durcheinander. Das hatte ja nicht gutgehen können. Die drei Hitzköpfe. Es war klar, dass sie sich irgendwann in die Wolle kriegen würden. Als die wilden vier Computerfreaks hatten sie zusammen in Studentenzeiten ordentlich Staub aufgewirbelt. Die Idee mit der Zwischenwelt hatte sie alle in einen Bann gezogen. Das bei sich auszuprobieren war die eine Sache. Aber andere Menschen gegen ihren Willen da mit reinzuziehen, das hatte ihm, Mario, nicht behagt. Vor ihrem endgültigen Verschwinden hatte Paula ihn angebettelt, ihre Notbremse zu sein. Sie brauchte ein Auffangnetz, falls es schief gehen sollte. Jemanden, der in der realen Welt ansprechbar blieb. Dazu hatte er sich überreden lassen. Sie hatten abgemacht, dass er, sollte er was und wie auch immer für ein Zeichen erhalten, handeln würde.

Dann der Polizist mit dem Putzmann und der Nachricht vor der Tür, Mario hat es erst nicht glauben können. Der Kontakt zu den anderen war schon lange abgebrochen. Doch nun wusste er, was zu tun war.

Er hatte den Ball ins Rollen gebracht. Das Zeichen, wann die Patienten geweckt werden mussten, würde kommen, alle würden aufwachen, dessen war er sicher. Blieb die Frage, ob er seine Kumpels auch wecken sollte. Und wo das Geheimversteck war. Er kramte die Nachricht nochmal hervor:

ACHTUNG VERSCHWÖRUNG! HILFE! KONTAKTE ALUAP! NEPPAK UARG! SCHNELL!

»Aluap« war logisch: Paula. Sie hatte die Nachricht geschickt. Sie würde auf jeden Fall geweckt werden wollen.

»Neppak uarg« war: Graukappen. Auch klar. Als Zeichen, dass es sich wirklich um ihren alten Plan drehte.

Uniklinik

Die Nachrichten verkündeten, dass sich alle Angehörigen von Patienten, die auf unerklärliche Weise ins Koma gefallen waren, wie ihre arme Emma, im Uniklinikum melden sollten. Das hatte Claudia Martin inzwischen herausbekommen. Sie hatte sofort dort angerufen und von dem Plan erfahren, dass sie alle zusammengelegt wurden, so rasch wie möglich. In dem Krankenhaus, in dem Emma lag, wussten sie schon Bescheid. Schnell waren die Formalitäten erledigt und ihre Tochter konnte verlegt werden. Frau Martin schwankte zwischen Furcht und Hoffnung. Wie gut, dass ihr Mann sich einige Tage frei nehmen konnte, um sich um Max zu kümmern. So war sie in der Lage, am Bett ihrer Tochter zu bleiben und die weitere Entwicklung abzuwarten.

Immer mehr Patienten wurden in die Uniklinik verlegt. Inzwischen war der Krankenhaussaal brechend voll. An jedem Bett standen Angehörige und Freunde, die bangten und hofften. Der Mann, der die Mitteilung in dem Flugzeug gefunden hatte, war ebenfalls hier. Und dieser komische Kauz mit dem roten langen Bart, Mario, der die Nachricht entziffert hatte. Frau Martin kannte die beiden Gesichter aus den Nachrichten, in kurzer Zeit waren sie so etwas wie berühmt geworden.

Mario und Montago standen am Eingang

und wurden von der Presse umlagert. Sie sagten, man müsse jetzt abwarten, wenn alles nach Plan liefe, müssten die Komapatienten bald in eine Phase des Leichtschlafs fallen. Dann sei es notwendig, dass den Patienten gleichzeitig das Gegenmittel injiziert wird, damit sie aufwachten.

Außerdem sagte dieser Mario etwas von leuchtenden Käfern. Frau Martin fragte sich, ob der komplett wirr im Kopf war.

Zwischenwelt

Aaron konnte und konnte nicht einschlafen. Wälzte sich hin und her. Es ging nicht. Die Gedanken in seinem Kopf wirbelten durcheinander. Er war dabei zu helfen, dass seine wunderbare Welt sich auflöste. Dieses neue Leben, das er so liebte. Endlich hatte er Freunde, endlich eine Aufgabe, die ihm Spaß machte, die er konnte. Und nun sollte das alles vorbei sein? Und dann? Er wollte nicht mehr einsam in seinem Zimmer hocken. Außerdem hatte er Angst, Mia zu verlieren. In der normalen Welt waren sie doch bestimmt wieder meilenweit getrennt voneinander. Er, der Stubenhocker hätte sie da draußen nie kennengelernt. Was sollte er bloß machen?

Missmutig setzte Aaron sich auf. Er zog sich an und schlurfte bedrückt durch den Raum. Er konnte die Ereignisse nicht einfach so laufen lassen. Sie durfte nicht auffliegen, diese fabelhafte Welt. Ob er den Spieß noch umdrehen konnte? Andererseits lag Mia anscheinend schon daran, wieder in ihr altes Leben zurückzukehren.

Benutzte sie ihn nur? Liebte sie ihn denn wirklich? Es war zum Verrücktwerden.

Verzweifelt verließ Aaron sein Zimmer. Er würde zu Iron gehen und ihm alles erzählen. Iron war so etwas wie ein Idol für ihn geworden, von ihm fühlte er sich ernst genommen und verstanden. Seine Leidenschaft hatte er von Anfang an bewundert. Aaron eilte durch die dunklen Gänge. Nach seinem Entschluss, dem Wächter alles zu beichten, fühlte er sich schon besser. Je näher er dem Hauptquartier kam, desto sicherer wurde er, dass er das Richtige tat.

Endlich war er angekommen und klopfte an die Tür. Ob Iron wach war?

»Herein!«, brüllte es von drinnen.

Aaron öffnete die Tür. Iron saß wie immer in seinem Ledersessel hinter dem einschüchternden Mahagonischreibtisch. Durchdringend sah der Wächter ihn an.

»Was willst du denn hier?? Hat man denn nie seine Ruhe?«

Aaron spürte sofort seinen Fluchtinstinkt. Doch entschlossen blieb er vor dem Schreibtisch stehen. Er holte tief Luft.

»Ich muss mit euch reden.«

»Ich habe keine Zeit.«

Herablassend drehte Iron ihm den Rücken zu.

»Verschwinde!«

Aaron sank der Mut. Er nahm sich zusammen.

»Mir ist da was aufgefallen.«

Wie sollte er bloß anfangen?

»Ein Mädchen. Ihre Kappe scheint nicht zu funktionieren. Sie ...«

Blitzschnell drehte sich Iron um, riss die Augen auf und schrie ihn an:

»Was hast du gesehen?«

»Ich weiß nicht. Sie ... also ... sie benimmt sich so anders. Vielleicht ist sie eine Spionin.«

»Albert!«

Iron war aufgesprungen und schrie durch den Raum:

»Albert, verdammt, schnell! Komm her!«

Alarmiert kam der zweite Wächter dazu.

»Was ist denn, Iron, was ist los?«

Er warf einen Seitenblick auf Aaron.

»Was willst du denn hier?«

Völlig eingeschüchtert stammelte dieser:

»Ich ... ich ... dachte ... also ...«

»Aaron sagt, da laufe irgendwas schief, er habe eine Spionin entdeckt! Albert! Paula kommt uns in die Quere!«

Iron war völlig außer sich.

Aaron sank der Mut. Diese ganze Anspannung. Dass Iron so durchdrehte. Jetzt bekam er es mit der Angst zu tun.

»Nun sag schon, Aaron, was hast du genau gesehen?«

Irons scharfer Blick traf ihn bis ins Herz.

Aaron sank in den Sessel, er schloss kurz die Augen und holte tief Luft. Jetzt schien alles auf einmal so unreal. Er verlor komplett die Kontrolle. Unter Tränen gab er preis, was er wusste. Von seiner Beziehung zu Mia, von dem Gespräch mit Emma, von der geheimen Botschaft, die er Leo zugesteckt hatte.

Albert und Iron sahen ihn immer fassungsloser an. Irons Nasenflügel weiteten sich, er sah aus wie ein Vulkan kurz vor dem Ausbruch. Albert wirkte zwar gefasster, durchbohrte Aaron aber förmlich mit seinem Blick.

»Du hast diesem Leo etwas zugesteckt? Einen Zettel, dass er sich auf die Krankenstation begeben soll? Und dann? Das muss ja noch gar nichts heißen.«

»Doch, sie wollen alles auffliegen lassen. Ich will aber nicht zurück. Mir gefällt es hier viel besser. Ich habe das nur für Mia getan.«

Jetzt wurde es Iron endgültig zu bunt, er explodierte:

»Was denkst du dir eigentlich? So eine beknackte Liebelei? Und dafür unser Lebenswerk aufs Spiel gesetzt? Oh am liebsten würde ich dich …«

Er stürmte hinter seinem Tisch hervor und holte aus.

Albert hastete dazwischen und hielt seinen Freund fest.

»Stopp, Iron. Reiß dich zusammen! Zum Glück ist Aaron zu uns gekommen!! Jetzt wissen wir wenigstens Bescheid. Aber wir haben nicht viel Zeit. Wir müssen sie aufhalten.

Wie sieht das mit den Käfern aus? Können wir sie rausschicken, um alle die davon wissen in den Schlaf zu schicken und in die Traumwelt zu holen? … Nein das sind zu viele. Wenn Paula tatsächlich Mario eine Nachricht hinterlassen hat, dann ist die ganze Geschichte über die social media inzwischen viral gegangen.«

Er holte tief Luft.

»Verdammt! Ich muss zu Paula, ich muss sie erwischen und genau wissen, was da ins Rollen gebracht wurde. Vielleicht können wir wenigstens uns retten. Keiner weiß, wo unsere Körper liegen. Sie liegen noch in unserem Versteck. Paulas übrigens auch. Vielleicht können wir wenigstens hierbleiben.«

Daran hatte Aaron gar nicht gedacht. Er würde ja ebenfalls geweckt werden.

»Weiß denn echt niemand, wo ihr liegt?«

»Nein. Wir haben die Organisation in der realen Welt einer KI überlassen.«

Albert kratzte sich am Kopf.

»Iron, könnten wir mit den Käfern nicht wenigstens Mario aufhalten?«

»Wenn wir wüssten, wo Mario sich gerade befindet, dann könnte das klappen. Dass wenigstens wir hierbleiben und sie uns nicht erwischen.«

»Ob er das Gegenmittel besorgt hat? Für so viele Komapatienten?«

»Ich weiß es nicht. Aber Mario wird sich schon was ausgedacht haben. In den letzten Tagen, bevor es losging, als Mario dann abgesprungen ist, haben Paula und er irgendwas am

Laufen gehabt. Ich war so mit den Vorbereitungen beschäftigt, dass mir das durch die Lappen gegangen ist, ihn zur Rede zu stellen.

Und dann hat er ja das Handtuch geschmissen. Die haben bestimmt irgendwas ausgemacht. Ob Mario das Geheimversteck kennt?«

Albert biss die Zähne zusammen.

»Wenn Mario das Versteck kennt, dann weckt er auf jeden Fall Paula auf. Mit Pech wachen wir dann auch auf. Verdammt. Und dann?«

»Wenn wir aber schneller sind und die Käfer auf Mario ansetzen, dann könnte es sein, dass das Zeichen für die Injektion nicht erkannt wird und keiner in der Lage ist, die Gefangenen aufzuwecken.«

»Aber wenn sie die Kappen alle zugleich abnehmen, dann kommen alle in den Leichtschlaf und es braucht nur die Injektion des Gegenmittels. Da muss einer am Krankenbett sitzen und den Patienten zur richtigen Zeit das Mittel spritzen.«

Iron und Albert suchten verzweifelt nach einer Möglichkeit, das Blatt zu wenden.

»Wenn aber die Kappen nicht abgenommen werden, wenn wir Leo aufhalten könnten ...«

»Ja, das wäre eine Idee. Dann müssen wir schnell sein.«

Aaron wurde sich erst jetzt der Tragweite bewusst. Wenn er sich auf die Seite von Albert und Iron schlug, war es auf jeden Fall mit Mia vorbei. Wie hatte er so blöd sein können?

Die beiden Wächter nahmen ihn gar nicht mehr wahr, er merkte, wie ihm wieder die Tränen kamen. Er drehte sich um und verließ fluchtartig den Raum.

Paula

Bis jetzt hat alles gut geklappt. Alle waren eingeweiht. Paula hatte den Notfallplan ausgelöst, mit dessen Hilfe die Angehörigen im Krankenhaus wissen würden, wann sie mit dem Wecken anfangen müssen. Mario war hoffentlich so umsichtig gewesen, die Familien zu benachrichtigen. Und die Komapatienten zusammenzulegen.

Wie gut, dass sie damals mit Mario diesen Notfallplan geschmiedet hatte. Paula selbst war zu neugierig gewesen, um auszusteigen. Sie wollte unbedingt dabei sein. Aber mit Netz und doppeltem Boden. Ja, sie war sicher, dass ihr alter Freund Mario sich um alles kümmern würde. Hoffentlich würde er das Gegenmittel besorgen können. Allerdings war auf Mario immer Verlass gewesen. Mit Glück sollten alle bis zum Abend befreit sein.

Doch würde ihr alter Freund auch das Geheimversteck finden, um sie aufzuwecken? Paula konnte es nur hoffen.

Reale Welt: Unikliniksaal

An jedem Krankenbett saß jemand, der hoffte und wartete. War zu einem Komapatienten kein Angehöriger aufgetaucht, saß ein freiwilliger Helfer an seiner Seite. Sie hatten die Anweisung bekommen, sofort die Spritze zu geben mit dem Gegenmittel, wenn ein Zeichen kam. Auf welches Zeichen sie warten sollten, war allen schleierhaft. Dieser Mario meinte, es müsse irgendwas Digitales sein.

Plötzlich schrie einer auf. Claudia blickte zum Nachbarbett, von dem der Schrei kam. Die Frau starrte mit offenem Mund auf das Display an der Wand. Dort stand:

INJEKTION! JETZT!

Auf allen Monitoren im Raum erschien der gleiche Befehl.

Claudia Martin zögerte nicht. Sie beugte sich zu ihrer Tochter und injizierte ihr das Gegenmittel.

Zwischenwelt: Leo

Als Leo wieder vor seinem Bildschirm saß, wurde er sofort ganz ruhig. Hier war er auf vertrautem Terrain. Er loggte sich ein, klickte sich durch das Netzwerk und war schnell am richtigen digitalen Ort. Mia, die Krankenschwester hatte gesagt, er müsse den Befehl geben, wenn man ganz sicher sein kann, dass alle Gefangenen ihre Kappen tragen. Jetzt war die Zeit, in der sie in ihrer Arbeitseinheit erschienen. Sie wurden beaufsichtigt und hatten garantiert ihre Kappen auf. Der Befehl musste alle zur selben Zeit erreichen.

Leo holte tief Luft. Erst die Monitore manipulieren, mit kurzer Zeitverzögerung. Dann gab er den Auftrag, die Kappen abzunehmen in die Befehlszeile ein. Als er das Kommando selbst im Kopf hörte, nahm Leo seine Kappe ab.

Mia

Mia spürte die Erleichterung. Bisher hatte alles geklappt. Aaron hatte Leo dazu gekriegt, die Umprogrammierung vorzunehmen. Leo war zu ihr gekommen und hatte zugesagt, seinen Teil zu erfüllen. Zumindest hatte sich das so angefühlt. Aber jetzt kam ihr alles unwirklich vor. Aaron ... sie hatte ein dringendes Bedürfnis, ihn zu sehen. Jetzt gleich. Mia ließ ihre Kappe in ihrem Zimmer und machte sich vorsichtig auf den Weg, um möglichst unsichtbar zu seinem Raum zu gelangen. Leise öffnete sie seine Tür. Er war nicht da. Sie suchte ihn im Speisesaal. Kein Aaron. Wo verdammt war er nur?

Aus der oberen Höhle drangen ein lautes Poltern und hysterisches Schreien. Mia zuckte zusammen. Was war da los? Vorsichtig tastete sie sich in die Richtung des Lärms. Fast oben angekommen, flog die Tür auf und Aaron stürmte heraus.

Er war tränenüberströmt. Sie versuchte, ihn aufzuhalten, aber er nahm sie gar nicht wahr und rannte an ihr vorbei. Hinter ihm schrie jemand:

»Aaron, bleib hier, verdammt nochmal! Tu doch was Albert, er lässt alles auffliegen!«

Mia rannte Aaron hinterher. Dann stolperte sie und ihr wurde schwarz vor Augen.

Im Gang nahm Aaron schemenhaft eine Gestalt wahr. Er rannte an ihr vorbei, blindlings, wusste nicht wohin. Wohin mit sich und seinen Gefühlen. Ein Warnblinklicht brachte ihn halbwegs wieder in die Gegenwart. Er bekam einen Befehl über seine Kappe. Er solle sie abnehmen. Ach verflucht. Wütend riss er sich das lästige Ding vom Kopf, konditioniert darauf, die Befehle zu befolgen. Dann wurde ihm schwarz vor Augen.

Simon

In Gedanken an die Begegnung mit den beiden Mädchen in der großen Halle starrte Simon auf dem Monitor vor sich. Er nahm gar nichts wahr um sich herum. Er war bisher immer immun gegen diese Art von Gefühlen gewesen und hatte seine Kumpel nicht verstehen können, wenn sie wieder einmal von irgendwelchen Frauen erzählt hatten. Doch jetzt hatte es ihn erwischt. Wer war dieses Mädchen nur? Wieso wurde sie nicht über die Kappe gesteuert? Anders konnte er sich ihr Verhalten nicht erklären.

Er selbst hörte die Befehle und befolgte sie, weil er keinen anderen Weg sah, das gehörte zu seiner neuen Welt. Hier lief es eben so. Er war bisher nicht auf die Idee gekommen das zu hinterfragen, dies war die einzige Wirklichkeit für ihn. Man hatte so seinen Tagesablauf und damit war alles gut. Simon nahm die anderen wahr und zeigte ihnen, was sie zu tun hatten. Er hatte in Aaron einen guten Freund gefunden, sie alberten auch mal herum. Er war rundum zufrieden. Es fühlte sich an, als sei er schon immer hier gewesen. Jetzt hatte er sich also zum ersten Mal verknallt, so jedenfalls hatte sich das angefühlt, als er diesem wildfremden Mädchen begegnet war.

Ein Knacken in seinem Ohr holte Simon in

die Wirklichkeit zurück. Er verlagerte seinen Blick konzentriert nach innen und hörte diese Stimme aus seiner Kopfbedeckung. Was war das? Sie befahl ihm, sofort die Kappe abzunehmen. Was war denn jetzt wieder los? Verwundert zog er sie vom Kopf. Fast gleichzeitig wurde ihm schwarz vor Augen.

Reale Welt: Uniklinikssaal

Emmas Augenlider zuckten, öffneten sich. Erstaunt blickte sie sich um, holte tief Luft und setzte sich auf. Fast zeitgleich richteten sich alle Patienten in ihren Betten auf. Sahen sich verwundert um.

»Wo bin ich?«, fragte Emma.

Ihre Mutter riss sie in ihre Arme.

»Oh mein Emmakind, endlich bist du wieder da!«

Tränen der Erleichterung schossen aus ihren Augen.

»Wo warst du nur? Wie geht es dir?«

Emmas Mutter nahm ihre Tochter fest in die Arme.

»Danke, lieber Gott, Danke!«

Langsam realisierte Emma, wo sie war. Die Befreiung schien tatsächlich gelungen zu sein. Sie war zurück. Mühsam löste sie die Umarmung ihrer Mutter.

»Jaa! Es hat geklappt!! Ich muss nach den anderen gucken, Mama, tut mir leid!«

Mit etwas wackligen Beinen stieg Emma aus dem Bett und checkte ihre Umgebung ab. Sie ließ ihre verdutzte Mutter einfach am Krankenbett sitzen. Dies war jetzt wichtiger.

Sie waren in einem riesigen Krankenhaussaal. Überall erhoben sich Menschen aus ihren Betten. Ein Junge starrte sie an. Er hatte einen Leberfleck zwischen den Augen. Langsam näherte sie sich ihm.

»Du bist Simon, nicht wahr, eben, aus der Halle?«

»Ja, ich kenne dich. Was ist passiert? Warum sind wir plötzlich hier?«, stotterte Simon verwirrt.

Emma ignorierte ihr Bauchkribbeln und setzte sich zu ihm. Dann erzählte sie ihm, was sie wusste. Simon blinzelte, rutschte auf seinem Platz hin und her, blickte sie ungläubig an.

»Ich hatte das gar nicht so durchblickt. Ich habe da voll mitgemacht. Warum war ich so blind?«

Er fasste sich an den Kopf. Dann schaute er Emma in die Augen.

»Wir müssen nach den anderen schauen. Aaron, hast Du ihn schon gesehen?«

»Der mit den grünen Augen? Der mit Mia?«

»Ahhh, ich wusste doch, dass da was zwischen den beiden läuft. Ja, der.«

Simon stieg aus dem Bett und durchstreifte mit Emma den Saal.

Am anderen Ende hörten sie in dem Menschengewimmel ein Mädchen rufen:

»Aaron, wo bist du?«

Das musste Mia sein. Sie drängten sich durch die aufgeregte Menge. Mia sah Emma und fiel ihr verzweifelt um den Hals.

»Oh, ich bin so froh, dich zu sehen! Wo ist

Aaron? Er kam mir weinend entgegengerannt, eben gerade, in der anderen Welt, hat mich in seiner Hast aber gar nicht wahrgenommen. Er kam aus den oberen Räumen. Es war irgendwie seltsam.«

Simon wurde hellhörig.

»Aaron war bei den Wächtern?«

»Ich weiß es nicht. Ich verstehe das alles nicht.«

Verzweifelt setzte sich Mia auf ein Krankenbett. Ihr wurde immer mulmiger zumute. Simon schaute sich nach seinem Freund um.

Leo und Laura lagen nebeneinander, dafür hatte ihre Mutter gesorgt. Sie erwachten fast zeitgleich und sahen sich an. Tränen stiegen Laura in die Augen.

Was für eine Erleichterung. Diese Anspannung die ganze Zeit, ihr war gar nicht klar gewesen, wie sehr sie das alles belastet hatte. Jetzt fiel es von ihr ab.

»Oh Leo, du hast uns gerettet!«

Leo sah sie an und bewegte sich nicht. Er hatte sich mit der plötzlichen Situationsveränderung noch nicht zurechtgefunden. Langsam setzte er sich auf. Mama und Papa waren beide am Bett. Papa schien extra hergeflogen zu sein. Mama nahm Leo in den Arm. Das mochte er sonst gar nicht. Jetzt fühlte er Erleichterung.

Laura hielt es nicht in ihrem Bett.

»Sorry, Mum, Dad, ich muss nach meinen Freunden sehen!«

Sie ließ ihre verdatterten Eltern zurück und rannte durch den Saal. Dort stand, etwas planlos ein Junge. Grüne Augen. Das musste Aaron sein. Sie ging auf ihn zu.

»Hi, ich bin Laura. Wir sind uns nicht begegnet, aber ich bin die Freundin von Mia. Und Leos Schwester. Du bist bestimmt Aaron?«

Aaron zuckte etwas zurück. Das war jetzt schnell gegangen. Dass der Plan schon so rasant umgesetzt wird, hatte er nicht gedacht. So hatten Albert und Iron gar keine Zeit gehabt, ihn zu durchkreuzen. Das war gut. Oder? Er war nicht sicher. Jetzt jedenfalls war er wieder zu Hause. Würde er weiterhin so einsam sein? Ob seine neuen Freunde bei ihm blieben?

»Ja. Hi. Ich bin's. Hast du Mia gesehen?«

Gemeinsam ließen sie ihre Blicke durch den Saal schweifen. Dort hinten stand eine Traube Menschen. Ja, das müssten sie sein.

Da erblickte er seine Mia. Er sah, wie ihre Augen sich suchend durch den Raum tasteten.

Und ihn fanden. Blitze im Bauch.

Laura wunderte sich, Aaron drehte sich plötzlich weg und verschwand. Sie wollte ihm erst folgen und wandte sich dann doch zurück zu ihren Eltern und Leo. Sie konnte ja jetzt nicht gleich ganz verschwinden.

Aaron und Mia bewegten sich aufeinander

zu, vergaßen alles um sich herum. Atemlos fielen sie sich in die Arme.

»Ohh, da bist du ja! Ich habe mir schon solche Sorgen gemacht.«, flüsterte Mia.

Aaron blieben die Worte im Hals stecken. Er drückte sie an sich. Er wusste, er musste Mia die Wahrheit sagen. Sonst würde das zwischen ihnen stehen und er wollte nicht, dass irgendwas zwischen ihnen stand.

»Mia, ich muss dir was beichten.«, rückte Aaron mit der Sprache raus.

»Was denn, Aaron? Wo bist du gewesen? Ich habe da die Schreie von oben gehört und dann bist du an mir vorbeigerannt. Was war denn los?«

»Ich, ich ... ich weiß auch nicht was mich geritten hat. Ich wollte so gerne dort drübenbleiben. In meiner kleinen beschützten Welt, nur mit dir und meinem Job. Ich hatte so eine Angst, dass Du mich verlässt, wenn wir wieder hier in der wirklichen Welt sind.«

Mia drückte seine Hand.

»Nein, das würde ich nie tun!«

Aaron blickte beschämt zu Boden.

»Ich wollte alles auffliegen lassen. Bin bei Iron und Albert gewesen und habe alles verraten. Alles, was Emma mir erzählt hat. Das Leo das Zeichen programmieren sollte.«

Mia runzelte die Stirn.

»Aber der Plan war schon im vollen Gange.

Du hast ihn ja angeschoben. Tief in deinem Innern wusstest du, was richtig ist.«

Aaron seufzte.

»Ja, als ich die Rebellion verraten hatte, habe ich sofort gemerkt, dass das ein Fehler war. Die beiden sind voll aufeinander losgegangen, sie waren richtig hysterisch. Ich bin abgehauen.«

Mia nahm ihn in den Arm.

»Da bist du mir auf dem Flur entgegengerannt. Und dann kam das Zeichen.«

Aaron blickte sie an.

»Ja, und jetzt sitzen wir hier. Zusammen.«

Er wischte sich über die Augen.

»Ich hatte so furchtbare Angst, dass du dich von mir abwendest.«

»Oh Aaron. Ich liebe dich doch! Ich bleibe bei dir, darauf kannst du dich verlassen. Danke, dass du es mir gleich gesagt hast.«

Zärtlich guckte Mia ihm ihn die Augen.

»Da gibt es noch etwas. Als die beiden Wächter sich so angeschrien haben, kam ein Geheimversteck zur Sprache, in dem ihre Körper liegen. Dort müsste auch eure Hirtin liegen.«

Mias Augen weiteten sich.

»Das müssen wir unbedingt den anderen erzählen!«

Simon beobachtete, wie Mia plötzlich loslief. Dann sah er Aaron. Und stellte verblüfft fest, dass das ganz schön tief ging mit den beiden.

Verstohlen blickte er zu Emma und merkte, wie sie schnell wegguckte und rot anlief.

Simon ließ seinen Blick durch den Raum schweifen. Dahinten auf dem Bett saß doch dieser Computerfreak.

Wie hieß er noch? Ja, Leo. Mit einem Mädchen. Emma bemerkte die beiden auch und rief:

»Laura! Da bist du ja!«

Sie lief zu ihr und umarmte sie erleichtert.

Auch Mia sah die beiden, nahm Aaron an die Hand und zog ihn zu der Gruppe.

»Aaron hat erzählt, dass die Wächter von einem Geheimversteck erzählt haben. Ein Versteck, in dem auch Paula liegen soll. Wir müssen es finden!«

Laura erinnerte sich daran, dass die Hirtin etwas von einem Mitwisser in der realen Welt erzählt hatte. Suchend schaute sie sich um. Dort hinten am Rand des Saals stand ein Mann und ließ seinen Blick durch den Raum schweifen. Er hatte als einziger keine Familie um sich. Ob das dieser Mario war?

Auf der Suche

Die Entführungsopfer waren aufgewacht. Erleichtert verfolgte Mario das Geschehen. Wie gut die Behörden zusammengearbeitet haben, um die Opfer zusammenzulegen und die Gabe des Gegenmittels zu organisieren. Er stand am Eingang des Saals und lehnte sich seufzend an den Türrahmen zum Treppenhaus.

Jetzt hatte er ein letztes Versprechen einzulösen. Paula, er musste sie aufwecken. Vorsichtshalber hatte er ein paar Injektionen des Gegenmittels in seine eigene Tasche gesteckt, als diese vorhin verteilt wurden. Blieb nur noch die Frage, wo seine alte Freundin lag. Er hatte leider keinen Schimmer, wo das Geheimversteck war. Dabei musste es nun schnell gehen, das war ihm klar. Nun, da die Gefangenen aufgewacht waren, würden Iron und Albert alles in Bewegung setzen, um Paula in der Traumwelt zu finden. Ihre einzige Chance war, aufzuwachen. Nur dann würde sie den beiden entkommen.

Mario stemmte die Hände in die Hüften und schüttelte den Kopf. Wo, zum Kuckuck, mochte das Geheimversteck sein?

Da fiel ihm eine Bewegung hinter dem Sauerstoffwagen auf. Ein kurzes Aufleuchten. War das ein Käfer? Das wäre eine Idee, den Ort zu finden. Mario bahnte sich den Weg durch die aufgeregte Menge im Krankensaal. Und tatsächlich, da leuchtete einer von diesen digitalen lila Viechern auf. Jetzt galt es, aufzupassen, dass sich das Krabbeltier keinem Menschen näherte. Schnell griff Mario nach einem Urinbecher, der in einem Regal daneben stand und stülpte ihn über den Käfer.

Da bist du ja, dachte er sich. Du wirst mein Wegweiser sein. Warte, wo willst du hin?

Er hielt den Becher mit dem Käfer in alle Himmelsrichtungen. Bildete er sich das ein?

Oder leuchtete er heller, wenn Mario sich mit ihm in der Hand Richtung Süden bewegte? Er ging durch die Saaltür und hielt das Krabbeltier vor sich in die Höhe. Ja, es klappte. Der Käfer würde ihm den Weg zeigen.

Wo führte er ihn wohl hin? Wo würde er seinen Körper aufbewahren, wenn er wirklich in Ruhe gelassen werden wollte? Im Seniorenheim? Das Glühen des Käfers war nur schwach zu erkennen. Es wäre leichter, zu warten, bis es dunkel wurde, dann würde er das Leuchten besser sehen können. Aber dazu blieb leider keine Zeit.

Laura beobachtete den Rotbärtigen, diesen Mario. Eben hatte er noch im Türrahmen gestanden, auf einmal hechtete er los, griff nach einem Becher und fing irgendwas ein. Dann lief er Richtung Treppenhaus. Laura zischte den anderen zu:

»Kommt mit, wir gehen Paula suchen!«

Emma war sofort Feuer und Flamme.

»Ja unbedingt, los, auf gehts, Simon, kommst du mit?«

»Das lass ich mir nicht zweimal sagen, auf jeden Fall bin ich dabei!«

Mia und Aaron zögerten. Sie waren sehr mit sich und der Situation beschäftigt. Mia sackte in sich zusammen.

»Geht ihr ruhig, ich bleibe hier. Ich muss mich erstmal sammeln. Sagt Bescheid, wenn ihr sie gefunden habt.«

Aaron sah sie an und nickte.

»Ja, ich bleibe bei Mia. Haltet uns auf dem Laufenden!« Sie tauschten ihre Handynummern aus.

Da stürmte Emmas Mutter auf die Gruppe zu.

»Mensch Emma, jetzt bist du gerade aufgewacht, wo willst du denn hin? Komm nach Hause!«

Sie war völlig außer sich.

»Mama! Nein, ich muss hier noch etwas erledigen. Mach dir keine Sorgen. Ich bin alt genug und komme zurecht. Keine Angst, ich melde mich.«

Emma entwand sich dem Griff ihrer Mutter und rannte Laura und Simon hinterher, die schon fast verschwunden waren.

Der Käfer leuchtete wieder stärker. Mario war

vor dem Gebäude des Uniklinikums angekommen, im Treppenhaus hatte sein Wegweiser kaum geleuchtet. Er war fast über seine Füße gestolpert, weil er immer nur auf den Becher gestarrt hatte. Hier auf der Straße musste er aufpassen, die Leute guckten schon. Er wollte auf keinen Fall Aufmerksamkeit erregen. Dort hinten unter dem Baum würde er geschützter stehen. Der Käfer leuchtete stärker, wenn Mario sich in Südrichtung bewegte. Immer geradeaus. Dabei zerbrach er sich den Kopf nach möglichen Verstecken.

Damals, in der Anfangsphase war Mario in die Ideen und Pläne eingeweiht, hatte sie sogar zum Teil mit entworfen. Sie hatten in der Wohngemeinschaft von Albert gesessen, vor ihren Computern. Angestrengt versuchte Mario sich zu erinnern, über welche geheimen Aufenthaltsorte sie damals geredet hatten. Er erinnerte sich, dass sie sich mal im Keller von Irons Großeltern getroffen hatten. Wo wohnten die noch? Dann fiel ihm ein, dass sie darüber gesprochen hatten, in die Villen der gekaperten Menschen einzusteigen und dort ihr Quartier aufzuziehen.

Ach verdammt, stimmt, einer von ihnen musste ja in der realen Welt geblieben sein, um die anderen zu steuern. Zumindest hatten sie das damals so gehandhabt, als er ausgestiegen war. Ob sie das so beibehalten hatten? Dann würde er bei der schlafenden Paula entweder einen wütenden Iron oder einen verzweifelten Albert antreffen.

Er hoffte, dass es Albert sein würde. Mit ihm war er immer gut klargekommen.

Ein Blick auf seinen leuchtenden Käfer zeigte Mario, dass er in die richtige Richtung lief. Wenn er jetzt zu spät kam, ob Paula dann schon erwacht war? Nein quatsch, ohne das Gegenmittel konnte sie ja gar nicht aufwachen. Verdammt, er hätte nicht weglaufen, sondern sie stoppen sollen, als er es noch konnte.

Mario ging schneller. Sein Herz raste, die Mittagshitze machte ihm zu schaffen. Der Käfer unter seinem Glas drehte sich jetzt im Kreis und verblasste etwas. Mario blieb stehen. Er schaute hoch. Und riss die Augen auf. Er stand wahrhaftig vor dem Haus von Irons Großeltern. Doch es sah anders aus, als er es in Erinnerung hatte. Die vergilbten Gardinen fehlten, stattdessen klebten selbstgemalte Bilder in den Fenstern. Außerdem lag im Garten Kinderspielzeug herum.

Zögernd stieg Mario die Treppen zum Türschild hoch und las:

JUGENDHAUS FUTURE

Welch abstruser Zufall. Was war mit Irons Großeltern geschehen? Altersheim? Oh je, und der Keller? Mario schwirrte der Kopf. Er versteckte den Käfer samt Becher unter dem Baum vor der Haustür und klingelte. Ihm öffnete ein Junge in blauen Shorts und rotem T-Shirt.

147

Verdutzt schaute Mario ihn an. Dann fiel ihm eine rettende Idee ein:

»Guten Tag, ich komme von den Wasserwerken, ich müsste mir mal eure Uhr im Keller anschauen.«

Von hinten rief jemand:

»Marco, wer ist da?«

»Einer von den Wasserwerken!«

»Zeig ihm schon mal den Weg nach unten, ich bin gleich da!«

»Ok mach ich!«, rief der Junge zurück.

»Kommen Sie rein. Hier entlang. Dort ist die Kellertreppe. Am Ende links, gehen sie schon mal vor!«

Der Junge drehte sich wieder um und verschwand. Das war Mario nur recht. Hastig nahm er die steile Treppe nach unten. Dann links. Den Raum hatten sie zu einem Gemeinschaftskeller umgebaut, Tischkicker, Discokugel. Er sah sich um. Dort hinten müsste der Weinkeller sein. Aber er fand die Tür nicht. Die war hier doch hier irgendwo?

Er suchte die Wand ab. Ah, hier, der Zugang war verdeckt geblieben. Vielleicht war das Haus erst vor kurzem verkauft worden. Eine Tapete versteckte den Türrahmen. Mario war sicher, dass sich dahinter der Zugang zum Weinkeller befand. Suchend sah er sich nach einem Gegenstand um, mit dem er die Tapete wegkratzen konnte. Dort lag eine Gabel. Er zerriss einen Teil der Wandverkleidung und fand das Türschloss. Mit seinem provisorischen Werkzeug schaffte er es, das Schloss zu öffnen, aber die Tapete verklebte immer noch den Türrahmen. In Mario brodelte es, er wurde ungeduldig und riss mit voller Wucht an der Tür. Sie gab nach. Hinter sich hörte er Schritte.

»Kann ich Ihnen helfen?«, erklang eine atemlose Stimme.

Der Mann schien im Stress zu sein.

»Nein, nein, ich hab die Uhr schon gefunden!«, rief Mario zurück.

Hoffentlich ließ der Betreuer der Wohngruppe ihn in Ruhe.

»O.K., sagen sie Bescheid, wenn sie etwas brauchen!« Puh, das war knapp.

Laura, Emma und Simon verfolgten Mario, ohne dass dieser etwas merkte. Nun blieben die drei Jugendlichen stocksteif vor diesem alten Haus stehen. Hier drin war der Rotbärtige verschwunden, das hatten sie eindeutig gesehen. Warum? Sie waren ratlos. Was sollten sie tun? Sie beschlossen, zu warten.

Mario hatte inzwischen den ehemaligen Weinkeller betreten. Er hielt inne. Seine Augen mussten sich erstmal an die Dunkelheit gewöhnen. Hier war nichts. Kein Computer, keine schlafenden Menschen. Alles leer. Eine letzte Weinflasche lag in dem steinernen Weinregal. Entmutigt zog Mario sie aus ihrem Fach. Und bekam Schnappatmung, er sah einen zusammengefalteten Zettel in der Flasche. Das musste eine Nachricht von Paula sein, sie hatte ja schon lange gezweifelt. Mario fischte das Papierröllchen aus dem Flaschenhals und rollte es auf.

»UMGEZOGEN INS VILLENVIERTEL. EHEMALS KOCH. PARATIUSSTRAßE 4«, stand auf dem kleinen Blatt Papier. Mario steckte es schnell in seine Hosentasche. Er hörte Stimmen. Er musste sich beeilen.

Auf der Treppe begegnete er dem Betreuer.

»Entschuldigen Sie, ich komme nochmal zurück, mir fehlt ein Ersatzteil.«

Der Mann nickte dankbar, dass dieser Handwerker wieder verschwand, er hatte im Moment sowieso keine Zeit für ihn.

»Ja, klingeln Sie einfach, es ist immer jemand im Haus. Auf Wiedersehen!«

Erleichtert, dass er hier so leicht wieder rauskam, murmelte Mario:

»Auf Wiedersehen.«

Eilig verließ er das Haus.

Das Villenviertel war auf der anderen Seite der Stadt. Warum hatte er nur sein Auto nicht mitgenommen? Es würde schneller gehen, wenn er einen Abstecher zu sich nach Hause machte und seinen Wagen holte.

An der nächsten Ecke fuhr ein Bus, Mario lief zur Haltestelle. Den Käfer, der in dem Urinbecher hinter dem Baum lag, hatte er völlig vergessen.

Die drei Jugendlichen sahen Mario aus der Tür kommen. Er stand erst unschlüssig auf dem Gehweg, dann machte er sich Richtung Hauptstraße auf. Sie folgten ihm.

»Das war wohl eine Einbahnstraße. Und nun? Was machen wir jetzt?«

Laura war ungeduldig.

»Wir müssen ihm folgen!«

Simon sprintete in Richtung Bushaltestelle.

Knapp schafften sie es, die hintere Tür des Busses zu erwischen, in den Mario einstieg.

Sie fuhren quer durch die Stadt. Endlich stand der Rotbärtige auf und klingelte, damit der Bus anhalte. Er stieg aus, verfolgt von Laura, Emma und Simon.

Mario schloss seine Haustür auf und holte den Autoschlüssel heraus. Der Wagen sprang nicht gleich an.

Simon beobachtete den Mann, wie er versuchte, sein Fahrzeug zu starten.

»Verdammt, wenn der jetzt Auto fährt, müssen wir uns zu erkennen geben. Er muss uns mitnehmen, Sonst verlieren wir ihn!«

Emma gab ihm recht und zögerte nicht. Sie

marschierte auf Mario zu und beugte sich zu ihm runter.

»Entschuldigen Sie, Herr ... Mario ... wir folgen Ihnen schon seit dem Krankenhaus. Nehmen Sie uns mit?«

Überrumpelt öffnete der die Autotür und stellte sich vor das Mädchen.

»Was? Von der Presse seid ihr ja wohl nicht. Wer seid ihr?«

Emma sah ihn an und beschloss, hoffnungslos die Wahrheit zu sagen.

»Wir waren fremdgesteuert in der anderen Dimension. Wir sind im Krankenhaus aufgewacht. Zusammen mit Paula haben wir geholfen, dass die Graukappen auffliegen.«

Mario stand die Kinnlade offen. Das war aber eine Menge Insiderwissen, das ihm dieses Mädchen hier entgegenschleuderte.

»Paula? Sie hat sich tatsächlich gegen die beiden anderen gewandt? Und ihr habt ihr geholfen? Das müsst ihr mir erzählen!«

»Ja, wir erzählen ihnen alles! Aber wir haben keine Zeit, wir müssen sie finden und wecken. Bevor die Wächter aufwachen. Nehmen Sie uns mit? Sie wissen doch bestimmt, wo Paula schläft, oder?«

Mario zögerte nur kurz, dann ließ er die Drei einsteigen. Laura nahm den Beifahrersitz, die anderen beiden setzten sich auf die Rückbank. Während der Fahrt erzählte Laura ihm, was sie in der Scheinwelt erlebt hatten. Fassungslos steuerte Mario das Auto durch die Stadt. Das hatte ja Ausmaße angenommen, von denen sie nicht zu träumen gewagt hatten. Als sie das Villenviertel erreichten, hatten die drei ihn voll ins Bild gesetzt.

Laura las das Straßenschild: PARATIUS-STRASSE. Sie waren angekommen.

»Wir sind da!«

»Ja, Hausnummer 4. Klar, ein gut gesichertes Haus, das hätte ich mir denken können.«

Mario hielt den Wagen an, sie stiegen aus.

»Wir müssen irgendwie die Sicherheitsvorkehrungen hier ausschalten.« Er kratzte sich am Kopf.

»Ich könnte Leo anrufen,« bot Laura an, »er hat bestimmt eine Idee.«

Sie hatten Mario im Auto von dem Computergenie Leo, Lauras Bruder erzählt.

»Ja, mach das mal. Früher hätte ich das auch mit links gekonnt. Aber seit ich da ausgestiegen bin, habe ich mich anderen Dingen als Computern gewidmet. Mein Wissen ist nicht mehr auf dem aktuellen Stand.«

Mario war gar nicht traurig darüber. Laura nahm ihr Handy aus der Tasche und wählte ihren Bruder an.

»Hey, Leo, du musst uns nochmal helfen... was? Ja, sorry, dass ich einfach so verschwunden bin. Wir suchen die Wächter. Kannst du

Mom beruhigen? ... Danke. Aber ey, Bruderherz, wir brauchen deine Hilfe. Kommst du an einen Computer ran? ... Ah super. Wir sind vor so einer Villa. Hier, die Villa in der Paratiusstraße 4, im Villenviertel. Ja, genau. Die ist ein richtiger Hochsicherheitstrakt. Kameras, Alarmanlage. Kannst du dich da einhacken und den Strom abstellen, damit wir reinkönnen? Danke, ja, schick mir ne Nachricht, wenn du drin bist.«

Laura drückte auf den roten Telefonhörer.

»Leo kümmert sich darum.«

Mario war froh, dass er die drei mitgenommen hatte.

»Wir müssen überlegen, was wir machen, wenn wir drin sind. Wecken wir alle drei auf? Oder nur Paula? Nach euren Erzählungen waren die sich ja nicht mehr so grün.«

Laura erinnerte sich an ihr Gespräch mit Mia im Krankenhaus.

»Ja, die sollen stinksauer gewesen sein. Vielleicht ist es keine gute Idee, die beiden zu wecken.«

Mario nickte zustimmend.

Da erklang ein »Ping« aus Lauras Handy. Ein kurzer Blick auf das Display bestätigte ihre Vermutung. Leo war im Netz. Ja, der Strom war abgestellt.

Sie suchte das Blinklicht der Überwachungskamera. Es war aus. Nun sollte es gehen.

»Ok, wir können rein. Der Strom ist ausgeschaltet.«

Mario nickte:

»Hört ihr den Stromgenerator? Der ist gerade angesprungen.«

Simon war schon die ganze Zeit an der Tür auf und ab gegangen, um eine Möglichkeit zu suchen, einzusteigen.

»Wenn ihr mich hier hochhebt, müsste das klappen. Macht mal ne Räuberleiter.«

Laura und Emma verschränkten ihre Finger zu einer Stufe. Simon setzte seinen Fuß hinein und nutzte die Hände als Tritt, um auf den oberen Pfosten zu klettern. Von hier oben sprang er auf der anderen Seite in die Büsche.

»Auuu! Verdammt!«, hörten sie ihn stöhnen.

Zerkratzt kroch Simon wieder daraus hervor. Da blinkte Lauras Handy auf.

»Leo hat sich in das Hausnetz einwählen können und den Code für das Türschloss geknackt. Gib mal ein: 8-3-9-7-1-4.«

Emma drückte auf die Tasten. Mit einem »Klick« sprang die Tür auf. Dahinter stand Simon, Laubblätter in den Haaren.

»Na super. Da hätte ich mir die Kletteraktion ja auch sparen können.«

Mario schaute seine Helfer bewundernd an.

»Na, wie gut, dass ich euch mitgenommen habe. Allein wäre ich hier gar nicht reingekommen.«

Er steuerte zielstrebig auf die Haustür zu. Diese hatte den gleichen Code, wie sich herausstellte. Das wunderte Mario etwas. Doch er dachte nicht weiter darüber nach, sondern betrat aufgeregt das Haus.

Hier hatten seine ehemaligen Kumpanen aber ein Schmuckstück gefunden, dachte er sich und sah sich um. Sie standen in einer großen Eingangshalle, hellgelb gestrichen, mit hohen Decken. Rechts führte eine Treppe ins Obergeschoss, links eine in den Keller. Von unten war ein Dröhnen zu hören. Na klar, der Stromgenerator war angesprungen, um die Maschinen weiter zu bedienen.

Wenn im Keller wirklich noch einer der drei saß, um den ganzen Wahnsinn zu steuern, hätte er die Eindringlinge längst bemerkt. Erleichtert wandte sich Mario an Laura:

»Sag deinem Bruder, er soll den Strom wieder einschalten. Damit die Nachbarn nicht misstrauisch werden und es Anrufe bei den Stadtwerken hagelt.«

»Ja klar, mach ich sofort.«

Laura nahm ihr Handy zur Hand.

Als Test drückte Mario den Lichtschalter. Kurze Zeit später ging das Licht im Keller an. Das Dröhnen hörte auf.

Sie stiegen die Treppe hinunter. Hier war jetzt alles hell erleuchtet. Wie oben war der Boden weiß gefliest, die Wände gelb gestrichen. Zwei

Türen führten vom Kellerflur ab. An einer hing ein Schild:

»Betreten verboten!«

Auf diese Tür steuerte Mario zu. Er öffnete sie vorsichtig. Man konnte ja nie wissen. Vielleicht hatten sie auch jemanden als Wache abgestellt.

Dann sah er sie. Dort lagen seine ehemaligen Freunde alle drei nebeneinander auf dem Fußboden, weich gebettet. Ganz friedlich lagen sie da.

Jeder an eine Überlebensmaschine angeschlossen, die sie computergesteuert künstlich ernährte. Hier hatten sie sich völlig der Maschine überlassen, wie leichtsinnig, dachte Mario. Daneben stand ein hochmoderner Computer. Es sah so aus, als hätten sie es wirklich geschafft. Jetzt war Mario doch beeindruckt. Kein menschlicher Wachposten weit und breit.

Laura und Emma steuerten direkt Paula an und knieten sich zu ihr. Simon wandte sich, genau wie Mario, zur Computeranlage. Beide waren fasziniert, was die hier auf die Beine gestellt hatten.

»Laura, das wäre ein Paradies für Leo.«

Doch diese hörte Simon gar nicht, denn sie hatte gemerkt, dass Paulas Augenlider flatterten.

»Achtung, guckt mal, ich glaube, sie wacht auf!«

»Warte, hier ist das Gegenmittel. Kannst Du

157

es ihr geben?«

Mario reichte Laura die Medizin.

»Klar, gib her.«

Sie verabreichte Paula das Mittel und trat einen Schritt zurück. Die Hirtin zuckte, blinzelte, öffnete die Augen. Paula holte hörbar Luft und setzte sich benommen auf. Sie blickte Laura an. Kurz dachte sie, sie seien noch in der anderen Welt und runzelte die Stirn.

»Willkommen zurück, Paula, es hat geklappt!«, setzte Laura sie ins rechte Licht. Erleichtert nahm sie die Hand der Hirtin. Diese bekam große Augen.

»Wo sind wir? Dies sieht aus wie... Oh, wir sind in der Villa!«

Benommen schaute sie sich um. Ihr Blick blieb an Mario hängen.

»Ah, Mario! Du bist hier! Hat es also tatsächlich alles geklappt? Sind alle wach?«

Überwältigt kam Mario zu ihr und nahm sie in die Arme.

»Ja! Mensch Paula! Was war los? Ihr seid ja echt verrückt. Was ist mit den beiden anderen? Sollen wir sie auch wecken?«

Durch die Anspannung sprudelten die Worte nur so aus ihm heraus.

Paula sah sich um. Ihr Blick blieb an Albert und Iron hängen. Sie lagen friedlich neben ihr.

Sie rückte weg:

»Bloß nicht wecken, die bringen mich um! Ich habe mich von denen abgesetzt, sie sind größenwahnsinnig geworden. Lass sie hier liegen. Wir verschwinden lieber schnell.«

Mario wusste, dass Iron zum Wahnsinn tendierte. Aber dass Albert da folgen würde, das hätte er nicht gedacht. Albert war sonst immer auf dem Teppich geblieben. Er hätte sich gar nicht hierauf einlassen dürfen. Egal, Mario und Paula wurden hektisch.

Erstmal unbeschadet verschwinden. Mario stützte seine alte Freundin. Jetzt erst nahm sie die anderen wahr.

»Hi, Emma, erinnerst du dich an mich? Und du bist bestimmt Simon. Ich danke euch für euren Mut!«

Simon zögerte.

»Ja, stimmt. Ich wusste bis zum Schluss nicht Bescheid. Aber jetzt bin ich froh, dass die Befreiung geklappt hat.«

»Kommt, jetzt müssen wir erstmal hier weg. Am besten kommst du erstmal mit zu mir, Paula, dann sehen wir weiter.«

Mario wandte sich zur Tür. Sie stiegen die Kellertreppe wieder hoch. Paula hielt inne.

»Hier hatten wir uns eine echt schöne Villa ausgesucht. Nur schade, dass wir sie gar nicht genießen konnten.

Wir haben ja fast die ganze Zeit in der anderen Dimension gesteckt. Albert war am längsten hier, er ist als letztes rübergekommen.«

»Erstmal lassen wir das hier so laufen, das Computersystem und überdenken alles gründlich.«

Mario sehnte sich nach seinem gemütlichen Sessel und einem Becher Tee.

»Kommt, wir verschwinden.«

Sie stiegen alle fünf in das Auto, Mario wendete und entfernte sich so weit wie möglich von der Villa mit dem Zugang zu der anderen Dimension.

Epilog

Jonas hielt es nicht länger am Frühstückstisch, die Frühlingssonne rief ihn in den Garten.

»Hey Kevin, kommst du mit, ne Runde kicken?«

»Au ja!«, begeistert sprang sein Freund auf.

»Aber bleibt im Garten, damit ich euch sehen kann!«

Johlend liefen die Jungen raus.

Swantje arbeitete hier nun schon seit zwei Jahren und freute sich noch immer über diesen schönen Garten, in dem ihre Schützlinge frei spielen konnten. Heute schien endlich mal wieder die Sonne, nach dieser langen grauen Winterzeit.

Die Sozialarbeiterin öffnete die Haustür und sah zu dem großen Apfelbaum. Wie alt der wohl sein mochte? Er stand nur knapp vom Eingang entfernt. Sie ging auf ihn zu und fasste an den Stamm. Der Frühling roch so gut. Bei einem tiefen Atemzug wanderte ihr Blick auf den Boden, sie war mit dem Fuß gegen etwas gestoßen. Ein Plastikbecher. Hier draußen. Wer von den Kindern hatte seinen Müll hier liegen lassen? Sie hob den Becher hoch. Was war das? Da leuchtete es lila? Swantje ging in die Knie und sah einen kleinen Käfer, der auf sie zu krabbelte.

Danksagung

Ich danke von Herzen Petra Ottens, Kathrin Busse, Beate Tork, Karola Drees, Marion Burs und meiner Mutter Marianne Poppe für ihre lektorierende Unterstützung. Außerdem danke ich meiner Tante für den Anstoß zu diesem neuen Lebensabschnitt des Schreibens. Und ganz besonders meinem Liebsten Stefan für sämtlichen Support.

Weitere Werke der Autorin:

Bordkatze Lola – Vier Pfoten auf dem Meer – Band 1 – J. U. Pope

Autorin: J. U. Pope
Genre: Katzengeschichte
Inhalt: Katrin und Enno kündigen ihre Wohnung und ziehen auf ihr Segelschiff im Kieler Hafen. Mit ihren Kindern gehen sie auf eine einjährige Überfahrt zu den Kanarischen Inseln. Dort finden sie Katze Lola auf Teneriffa zwischen den Molensteinen. Sie nehmen das Katzenbaby mit an Bord. Gemeinsam erleben sie die Abenteuer des Atlantiksegelns. Im Heimathafen Kiel bekommt Lola Katzenbabys in der Schiffskoje. Fortan machen die Katzen das Segelboot lebendig und den Hafen unsicher. Die Katzenkinder werden größer und Lola steht vor einer schwierigen Entscheidung, an der sie fast zugrunde geht. Eine Geschichte für Katzenliebhaber und Segler.

Preis Taschenbuch: 12,99 Euro
Preis gebundene Ausgabe: 20,99 Euro
Preis E-Book: 5,99 Euro
Seitenzahl: 124
Erscheinungsdatum: 01.10.2023